Guido Erbrich

# Warum bei uns die Woche am Sonntag und das Jahr im Advent beginnt

Logbuch Kirchenjahr

GUIDO ERBRICH

# Warum bei uns die Woche am SONNTAG und das Jahr im ADVENT beginnt

Logbuch
Kirchenjahr

benno

Bibliografische Information der Deutschen Nationalbibliothek
Die Deutsche Nationalbibliothek verzeichnet diese Publikation in der Deutschen Nationalbibliografie; detaillierte bibliografische Daten sind im Internet über http://dnb.d-nb.de abrufbar.

**Besuchen Sie uns im Internet:**
**www.st-benno.de**

Gern informieren wir Sie unverbindlich und aktuell auch in unserem Newsletter zum Verlagsprogramm, zu Neuerscheinungen und Aktionen. Einfach anmelden unter www.st-benno.de

ISBN 978-3-7462-5230-8 (Cover Hände, © Price/Fotolia)
ISBN 978-3-7462-5231-5 (Cover Sternsinger, © Bistum Trier)


Umschlaggestaltung: Vogelsang Design, Aachen
Gesamtherstellung: Kontext, Lemsel (A)

# Inhalt

# Sonne, Mond und Sterne

**Die Geschichte von Kalender, Zeit und Kirchenjahr mit einigen Überraschungen**

## 1. ÜBERRASCHUNG:

# Kalender gehen nach Mond und Sonne

Schon sehr früh haben die Menschen begonnen, die Zeit einzuteilen. Es war wichtig, die Zeiten des Blühens, Wachsens, Erntens und Vergehens zu verstehen. Sie kehren immer wieder, wie auch die Mondphasen, die verschiedenen Konstellationen der Sterne, die langen und die kurzen Nächte. Die Jäger beobachteten die Wanderungen und den Winterschlaf der Tiere; die Bauern mussten die richtigen Zeiten für Aussaat und Ernte kennen. Irgendwann begannen die Menschen, Kalender zu entwickeln. Die ältesten, die wir kennen, entstanden in Ägypten und Mesopotamien. Dabei entwickelten sich die beiden wichtigsten Kalendertypen: der Sonnenkalender und der Mondkalender.

# Der Mondkalender

Der Mondkalender richtet sich nach den Mondphasen, also Neumond, Vollmond und den Phasen dazwischen: erstes Viertel und letztes Viertel. Das Wort „Monat“ hat hier seinen Ursprung. Ein Mondzyklus dauert im Mittel 29,5 Tage. Der islamische und der jüdische Kalender sind zum Beispiel Mondkalender.
Der Mond wirkt sich, genau wie die Sonne, spürbar auf unsere Erde aus. Ebbe und Flut sind die bekanntesten Phänomene. Es gibt Menschen, die die Mondphasen beachten, um herauszubekommen, wann die beste Zeit zum Pflanzen, Gießen und Haareschneiden ist. Manche können bei Vollmond nicht schlafen.

# Der Sonnenkalender

Der gregorianische Kalender, nach dem wir uns richten, ist ein Sonnenkalender. Dieser orientiert sich am Umlauf der Erde um die Sonne, der fast genau ein Jahr dauert, und damit auch an den Jahreszeiten. Diese hängen davon ab, in welcher Position zur Sonne sich die Erdachse befindet. Auf der Nordhalbkugel der Erde werden nach der Sommersonnenwende (am 20., 21. oder 22. Juni) die Tage kürzer und nach der Wintersonnenwende (am 21. oder 22. Dezember) die Tage wieder länger.

# Die Sommerzeit

Vor etwas mehr als hundert Jahren hatte jeder Ort seine eigene Ortszeit. Die ersten, die mit dieser Regelung Schwierigkeiten hatten, waren die Eisenbahnen. Denn wie soll ein vernünftiger Fahrplan erstellt werden, wenn jeder Ort seine eigene Zeit hat? Da es dieses Problem nicht nur in Deutschland gab, wurde es international gelöst: Die Internationale Meridiankonferenz teilte 1884 in Washington die Welt in 24 Zeitzonen ein. Und am 1. April 1893 führte Deutschland die Mitteleuropäische Zeit ein.

Bald begannen verschiedene europäische Länder mit einer besonderen Sommerzeit zu experimentieren. Diese Idee hatte der Erfinder Benjamin Franklin schon 1784! Der Grund war ein ökonomischer: Wenn es länger hell ist, können die Menschen länger arbeiten. Außerdem sind die Stromkosten nicht so hoch, weil man keine Lampen anschalten muss. 1916 gab es die Sommerzeit das erste Mal in Großbritannien und auch in Deutschland. Mal wurde sie wieder abgeschafft, dann wieder eingeführt. In Mitteleuropa gilt sie jetzt seit 1980. Seither muss im Frühjahr und im Sommer eine Stunde eher aufgestanden werden. Vorgestellt wird am letzten Sonntag im März von 2 Uhr auf 3 Uhr und zurückgestellt am letzten Sonntag im Oktober. Auf jedem Kontinent gibt es übrigens Länder, die zu unterschiedlichen Zeiten eine Sommerzeit nutzen.

# Der jüdische Kalender

Leider passen Mond- und Sonnenkalender nicht zusammen. Das Mondjahr ist elf Tage kürzer als das Sonnenjahr. Einen Versuch, Mond- und Sonnenkalender anzugleichen, unternimmt der jüdische Kalender. Dadurch schwankt die Länge der Jahre allerdings zwischen 353 und 384 Tagen. Funktioniert gut, ist aber nicht ganz leicht durchschaubar.
Warum brauchen wir das hier? Ganz einfach: weil sich das Kirchenjahr nach beiden Kalendertypen richtet. So bestimmen wir Weihnachten und die Heiligenfeste nach dem Sonnenkalender, die Fastenzeit, Ostern und Pfingsten dagegen nach dem Mondkalender.

## 2. ÜBERRASCHUNG:

# Das jüdische Jahr beginnt im Herbst

Nach jüdischem Kalender befinden wir uns bereits im 6. Jahrtausend. So wie das Jahr 1 als Zählbeginn die Geburt Jesu nahm (auch wenn das wahrscheinlich rechnerisch nicht stimmt), gibt es auch für den jüdischen Kalender ein Jahr 1. Nach christlicher Zählung ist das das Jahr 3761 vor Christus. Die Ordnung und Genauigkeit des heutigen jüdischen Kalenders beruhen auf Festlegungen des Patriarchen Hillel II. im vierten Jahrhundert und aus den astronomischen Berechnungen des jüdischen Universalgelehrte Moses Maimonides im 12. Jahrhundert. Ausgehend von bestimmten Zeitangaben in der Bibel hatten sie das Datum der Schöpfung errechnet.

Das jüdische Jahr beginnt heute im Herbst (September oder Oktober) mit dem Monat Tischri. Das ist der Monat, in dem nach jüdischer Auffassung die Menschheit erschaffen wurde. Zu Jesu Zeiten begann das Jahr mit dem Frühlingsmonat Nisan. Dies ist der Monat der Freiheit und Erlösung, in dem das jüdische Volk aus Ägypten auszog. Jeder hebräische Monat beginnt ungefähr bei Neumond. Dabei wird vom Abend zum Abend gerechnet („und es war Abend und es war Morgen, ein Tag“).

3. ÜBERRASCHUNG:

# Julianischer und gregorianischer Kalender haben ihre Namen von Kaiser und Papst

Die beiden bekanntesten Kalendermacher kommen aus Rom: Julius Caesar (100–44 vor Christus), nach dem der julianische Kalender benannt ist, und Papst Gregor XIII. (1502–1585), der den gregorianischen Kalender einführte, der heute in den meisten Ländern der Welt gültig ist.

# Der julianische Kalender und seine kleine Ungenauigkeit

Der julianische Kalender wurde im Jahr 45 vor Christus eingeführt. Er galt im ganzen Römischen Reich und hatte bis 1582 in Europa Gültigkeit. Unsere Monatsnamen richten sich nach diesem Kalender, der Juli ist sogar nach Julius Caesar benannt. Der julianische Kalender war eine geniale Einrichtung und ziemlich genau. Er fügte alle vier Jahre ein Schaltjahr ein (das sind die mit dem 29. Februar). Im Unterschied zum wirklichen Sonnenjahr war er leider nur um 11 Minuten und 14 Sekunden zu lang. Bis ins Jahr 1582, dem Jahr, in dem Gregor seine Reform durchsetzte, hatte sich dieser kleine Fehler allerdings schon auf 10 Tage summiert.

# Der gregorianische Kalender

Februar
9. Woche
**29**
Mittwoch

Nach dem julianischen Kalender fand Weihnachten viel zu spät statt, und auch die Heiligen hatten ihren Feiertag an der falschen Stelle. Das wollte Papst Gregor XIII. ändern. Diese Idee hatten vor ihm schon andere, zum Beispiel der berühmte polnische Astronom Nikolaus Kopernikus, aber Gregor hatte als Papst auch die Macht, den Kalender durchzusetzen. 1579 beauftragte er den deutschen Jesuiten und Mathematiker Christophorus Clavius, sich etwas einfallen zu lassen. Der rechnete einen schönen neuen Kalender aus und ließ von den Jahren, die auf „00“ enden, nur diejenigen ein Schaltjahr sein, deren Zahl ein Vielfaches von 400 ist. So erhielt er einen viel genaueren Kalender als der alte Römer Julius Caesar 1500 Jahre vorher.

LÖSUNG

## 1582 ließ Papst Gregor zehn Tage ausfallen

Nur, was macht man mit den elf Tagen, die zu viel sind? Ganz einfach: Im Jahr 1582 fielen einfach zehn Tage aus. Wer am Donnerstag, dem 4. Oktober 1582, ins Bett ging, wachte am Freitag, dem 15. Oktober, auf. Das passierte zuerst nur in den katholischen Ländern, die protestantischen und orthodoxen wollten sich schließlich vom Papst ihre Kalender nicht vorschreiben lassen. Doch mit der Zeit setzte sich der gregorianische Kalender durch. Er war schließlich eine gute Idee und viel genauer. Außerdem hörten die Kirchen Gott sei Dank auch langsam wieder auf, sich zu streiten. Die orthodoxen Kirchen feiern aber bis heute nach dem julianischen Kalender ihre Feste.

## 4. ÜBERRASCHUNG:

# Julianische Monatsnamen bis heute

Papst Gregor behielt die Monatsnamen des julianischen Kalenders bei. Diese stammen aus dem Lateinischen und sind benannt nach:

| | |
|---|---|
| Göttern: | Januar (Janus) |
| | Februar (Februus) |
| | März (Mars) |
| | Mai (Göttin Maia) |
| | Juni (Göttin Juno) |
| der Natur: | April (Aperire – sich öffnen, wie Blumen im Frühjahr) |
| Kaisern: | Juli (Julius Caesar) |
| | August (Augustus) |
| Zahlen: | September (7. Monat) |
| | Oktober (8. Monat) |
| | November (9. Monat) |
| | Dezember (10. Monat) |

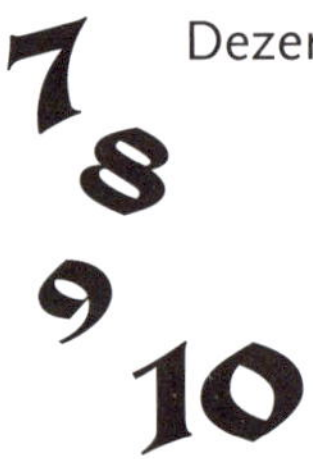

Stimmt da etwa was nicht? Der September ist doch der neunte und nicht der siebte Monat! Richtig, alle Monatsnamen von September bis Dezember enthalten in der Übersetzung eine andere Zahl als unsere Monatszählung. Das liegt daran, dass die Römer das Jahr im März begannen und ihn als ersten Monat zählten. Das hatten sie sich von der Natur abgeschaut. Wenn es anfängt zu blühen, geht das Jahr los. Und so ist bis heute der Dezember der zwölfte Monat und heißt der Zehnte.

## Januar, Jänner – der Monatsname mit dem Doppelgesicht

Janus ist ein römischer Gott, der mit zwei Gesichtern dargestellt wird. Für die Römer war er der Gott des Anfangs und des Endes, der Ein- und Ausgänge. So schaut Janus von der Gegenwart aus in die Vergangenheit und in die Zukunft. In Österreich heißt der erste Monat des Jahres Jänner – so wie bis Mitte des 18. Jahrhunderts fast überall im deutschsprachigen Raum.

# Alte deutsche Monatsnamen

Sie sind leider in Vergessenheit geraten. Die alten deutschen Monatsnamen schauen darauf, wie wir als Menschen durch das Jahr kommen. So sind es neben Göttern das Wetter, das Wachsen, Reifen und Ernten und die Sonne, die bestimmt, ob die Tage dunkler oder heller werden.

Hartung, Hartmond oder Eismond = Januar
Schließlich sind die Nächte lang, die Tage kalt, die Seen gefroren. Lange war und bis heute in Österreich ist auch Jänner üblich.

Hornung = Februar
Das Wild wirft nun sein Horn (Geweih) ab und der Schnee schmilzt.

Lenzing, Lenz = März
„Lenz" bedeutet „länger" – die Tage werden immer länger.

Ostermond, Ostermonat = April
Meist in den April fällt das Osterfest. Früher war es auch ein Lichterfest für die Göttin der Morgenröte Ostara.

Wonnemond, Wonnemonat = Mai
„Wonne" ist ein Ausdruck der Freude und „winne" ein Begriff für „weiden". Jetzt werden die Tiere auf die Weiden und Almen geführt.

### Brachet, Brachmond = Juni

Das in der Dreifelderwirtschaft ein Jahr lang unbearbeitete Brachfeld wird nun umgepflügt und neu bestellt.

### Heuert, Heumond = Juli

Im Namen steckt das Heu, das in diesem Monat als Futter für die Tiere geerntet wird.

### Ernting, Erntemond = August

Hier ist die Ernte schon im Namen erkennbar.

### Scheiding, Herbstmond = September

Der Name weist auf den scheidenden Sommer und das nun wieder kälter werdende Jahr.

### Gilbhard, Weinmond = Oktober

Der Name beschreibt die gelblichen Herbstwälder und die nicht mehr so strahlende, sondern eher gelbe Herbstsonne.

### Nebelung = November

Der Name verweist auf das typische feuchte und neblige Herbstwetter.

### Julmond, Christmond = Dezember

Nun kommen die Tage des Julfestes und der Wintersonnenwende.

## 5. ÜBERRASCHUNG:

# Bei den Namen der Wochentage gibt es ein ziemliches Durcheinander

Die Idee der Sieben-Tage-Woche ist einige Tausend Jahre alt und kommt aus Babylon. Diese sieben Tage benannten die alten Babylonier ganz einfach nach den sieben Planeten unseres Sonnensystems, die mit bloßem Auge sichtbar sind. Sie glaubten nämlich, dass die Planeten Götter seien. Die Juden glaubten das zwar nicht, aber auch sie waren von der Sieben-Tage-Woche begeistert. Auch die Griechen machten es nach, und die Römer gaben den Tagen ihre Namen: Sonne, Mond, Mars, Merkur, Jupiter, Venus, Saturn. Das hielten auch die alten Germanen für eine gute Idee und übernahmen im 4. Jahrhundert das System. Allerdings verpassten sie den Tagen eigene Namen nach den germanischen Göttern. Die Kirche versuchte später, die Götternamen auszutauschen, schließlich ist ja klar, dass die Planeten keine Götter sind. Richtig geklappt hat diese Namenstauscherei aber nicht, und so haben wir heute ein Sammelsurium von Namen.

Die ersten Tage der Woche waren Sonntag und Montag, da gab es keine Probleme. Dienstag war für die Lateiner der Tag des Kriegsgottes Mars (dies martis) und für die Germanen der des Gottes Tyr oder der großen Ratsversammlung Thing. Mittwoch war eigentlich dem Merkur gewidmet, aber hier setzte sich die christliche Namensgebung durch. So ist Mittwoch der Tag in der Wochenmitte. Donnerstag und Freitag haben den germanischen Gott Donar und Freya, die nordische Fruchtbarkeitsgöttin, als Namensgeber. Sonnabend ist nach christlicher Namensgebung der Tag vor dem Sonntag. Es gibt auch die römische Variante: Dann heißt er Samstag und ist nach dem Saturn benannt.
Der Samstag war lange Zeit der letzte Tag der Woche und ist es noch in vielen Ländern. Allerdings ist auf Beschluss der UNO seit 1978 der Montag der erste Tag der Woche und der Sonntag der letzte. In Deutschland ist die Woche sogar normiert, nach DIN 1355!

## 6. ÜBERRASCHUNG:

# Der Sonntag ist letzter und erster Tag der Woche

Auch das Wort Sonntag kommt aus dem Lateinischen. „Dies solis“, der „Tag der Sonne“, ist der Tag, den die Römer dem Sonnengott widmeten. Die Christen deuteten diese Bezeichnung um, weil Christus das Licht der Welt ist.

Der Tag davor, der Sonnabend, ist bis heute für Juden der Sabbat. Es ist der siebente Tag, an dem alles ruht und der Gott geweiht ist. Da für Christen der Tag, an dem Christus auferstanden ist, nach der Bibel der erste Tag der Woche ist, wird hier aus dem letzten Tag der erste Tag.

In den ersten Jahrhunderten war der Sonntag ein ganz normaler Werktag. Erst im Jahr 321 schrieb der römische Kaiser Konstantin, der das Christentum im Römischen Reich als Religion anerkannte, den Sonntag als arbeitsfreien Tag gesetzlich vor. Und seit dem Mittelalter gibt es das Doppelgebot von Arbeitsruhe und Gottesdienstbesuch. Dies heißt aber nicht, dass vorher am Sonntag die Leute nicht in der Kirche waren. In den ersten Jahrhunderten war es überflüssig, dafür Gebote zu haben. Wer Christ war, traf sich selbstverständlich, denn eigentlich kommt das Wort „Kirche" vom griechischen Wort „ekklesia". Das heißt übersetzt „Versammlung" und meint das allwöchentliche sonntägliche Treffen der Christen.
Da wir am Sonntag für die vergangene Woche Dank sagen und uns für die folgende Woche Kraft erbitten, ist der Sonntag eigentlich erster und letzter Tag in einem!

# Ein Gebet als Uhr – das Stundengebet

Das Stundengebet ist ein Gebetsprogramm, das viele Frauen und Männer beten. Es ist in den Klöstern entstanden und ordnet dem Tag sieben Gebetszeiten zu. Es beginnt und endet in der Nacht. Die Idee des Stundengebets findet sich im Psalm 119. Dort steht geschrieben: „Siebenmal am Tag singe ich dein Lob." Diese ganzen Gebete, die an einem Tag immer zu bestimmten Stunden gebetet werden, nennt man das Stundengebet. Jede dieser sieben Zeiten hat einen Namen, und in manchen Klöstern hält man sich bis heute genau an die Zeitangaben. Das muss aber nicht sein. 6 Uhr geht es los mit der Laudes (lat. laudes = Loblieder), dem Morgengebet. Früher betete man ganz kurz vor der Laudes noch die Prim, das

heißt auf Deutsch einfach erste Stunde. Prim hieß diese Gebetszeit deshalb, weil man früher ungefähr mit Sonnenaufgang begann, die Stunden des Tages zu zählen. 6 Uhr war da ein recht brauchbarer Anfang. Die nächsten drei Gebetszeiten sind eher kurz: 9 Uhr Terz (dritte Stunde), 12 Uhr Sext (sechste Stunde), 15 Uhr Non (neunte Stunde), die damals auch das Mittagsgebet war. So spät wurde damals gegessen. 18 Uhr wird die Vesper, das Abendgebet gebetet; und komplett ist das Stundengebet mit der Komplet um 21 Uhr, dem Nachtgebet der Kirche.
Viele Menschen beten am Tag nicht alle diese Zeiten. Die meisten, die das Stundengebet beten, lesen täglich Laudes, Vesper und Komplet. Die Zeiten, zu denen sie beten, sind nicht so streng festgelegt. Eine andere Bezeichnung für das Stundengebet ist Brevier oder Offizium, das heißt Dienst.
Obwohl es ein Programm der Großen ist, dürfen Kinder ruhig mitbeten. In vielen Klöstern wird das Stundengebet auch gesungen. Und ganz ehrlich, wer früh und abends betet, hat auch schon sein kleines Stundengebet.

## 7. ÜBERRASCHUNG:

# Das Kirchenjahr beginnt schon am 1. Advent

Jetzt wird es ganz verrückt. Das Kirchenjahr schert sich nicht darum, dass wir am 1. Januar den Jahreswechsel feiern. Es beginnt immer am ersten Adventssonntag. Der ist immer vier Sonntage vor dem Weihnachtstag. Jedes Jahr ist das ein anderer Termin. Also wird alljährlich geschaut, wann der 25. Dezember ist. Die vier Sonntage davor sind die Adventssonntage. Im kürzesten Advent ist der 25. Dezember ein Montag. Dann ist am Morgen des 24. Dezembers, also an „Heiligabend“, noch schnell der 4. Advent, und am Abend feiern wir schon die Christmette. Am längsten ist der Advent, wenn der 25. Dezember ein Sonntag ist. Der erste Advent ist dann bereits am 27. November. In früheren Zeiten begann die Adventszeit in manchen Gegenden sogar gleich nach dem Martinsfest am 11. November. Es war eine Fastenzeit vor Weihnachten, und zum Martinsfest wurde noch einmal richtig ge-

gessen. Die Idee der Fastenzeit war gar nicht nur fromm, sondern auch richtig praktisch. In der Zeit nach der Ernte, wenn die Vorratskammern noch richtig voll waren, hatte es durchaus Sinn, schon mal zu fasten, damit auch am Ende des Winters noch etwas da war. Und am Ende des Winters half die zweite Fastenzeit vor Ostern gut über die langsam zur Neige gehenden Vorräte hinweg. Ein schönes Beispiel dafür, dass Frömmigkeit nicht weltfremd ist.
Obwohl das Kirchenjahr schon einen Monat vor Neujahr beginnt, gibt es dafür keine extra Jahreszahlen. Jahreswechsel bleibt die Nacht von Silvester auf Neujahr.

## 8. ÜBERRASCHUNG:

# Eine Möglichkeit sicher durch das Jahr zu kommen, bietet auch die Bibel

Wer häufig zum Gottesdienst geht, wird es merken: Lesungen und das Tagesevangelium an den Tagen im Jahr kehren regelmäßig alle paar Jahre wieder. Die Leseordnung der katholischen Kirche legt fest, dass die Texte für Sonn- und Festtage aller drei Jahre wiederholt werden. Für die Wochentage passiert das bei den Lesungen schon nach zwei Jahren, das Tagesevangelium bleibt das gleiche. beiden Sonntage gibt es die Lesejahre A (Matthäus), B (Markus) und C (Lukas). Die Johannestexte werden in den Festzeiten (Ostern, Weihnachten) jährlich gelesen. Die evangelische Kirche kennt dafür die Perikopenordnung.

Außerdem sollen die Texte der verschiedenen Evangelisten die gleiche Thematik verwenden. Deutlich wird das zum Beginn der Fastenzeit. Hier wird am ersten Sonntag immer die Geschichte der Versuchung Jesu durch den Teufel erzählt, mal nach Matthäus, dann nach Markus oder nach Lukas. Und auch die altestamentlichen Lesungen passen immer zum Sonntagsthema. Wer sich da auskennt, kann sich nach diesem biblischen Kalender sehr gut im Kirchenjahr orientieren.

# Das Kirchenjahr ist rund

## Die beiden Festkreise und zwei besondere Zeiten im Jahr

Weihnachtsfestkreis
1. Advent
2. Advent
3. Advent
4. Advent
Heiliger Abend
Weihnachten
Hl. Stephanus
Ev. Johannes
Fest der Heiligen Familie
Hochfest Maria
Erscheinung des Herrn
Taufe des Herrn
Sonntage im Jahreskreis
Darstellung des Herrn
Sonntage im Jahreskreis
1. Zeit im Jahreskreis
Aschermittwoch
1.–3. Fastensonntag
4. Fastensonntag
5. Fastensonntag
Palmsonntag
Gründonnerstag
Karfreitag
Ostersonntag
Ostermontag
Weißer Sonntag
3.–6. So der Osterzeit
Christi Himmelfahrt
7. So der Osterzeit
Pfingsten
Osterfestkreis
Dreifaltigkeitssonntag
Fronleichnam
Sonntage im Jahreskreis
Mariä Aufnahme i. d. Himmel
Sonntage im Jahreskreis
Erntedank
Sonntage im Jahreskreis
Allerheiligen
Allerseelen
Sonntage im Jahreskreis
Christkönig
2. Zeit im Jahreskreis

# Worum es sich dreht

Im liturgischen Kalender dreht sich alles um Christus. Deshalb beginnt das Kirchenjahr mit dem Advent, die Zeit, in der besonders auf das Wiederkommen Jesu gewartet wird. Es endet mit dem Christkönigsfest. Da feiern wir Christus, den einzig wahren König der Welt. Im Kirchenjahr gibt es zwei besondere Zeiten. Das sind der Weihnachtsfestkreis und der Osterfestkreis. Die Zeiten dazwischen werden einfach „Zeit im Jahreskreis" genannt. Eingeordnet in diese runde Sache werden alle Feste, die es in der Kirche gibt, und das sind ganz schön viele. Klar, denn der Glaube soll gefeiert werden.

Schauen wir uns zuerst einmal den **Weihnachtsfestkreis** an. Er beginnt am ersten Adventssonntag und endet mit dem Fest „Taufe des Herrn". Das ist der Sonntag nach dem sechsten Januar.

Nach dem Weihnachtsfestkreis kommt die **erste Zeit im Jahreskreis**. Die Sonntage werden jetzt gezählt. Dabei zählt der Sonntag mit dem Fest „Taufe des Herrn" als 1. Sonntag im Jahreskreis.

Mit dem Aschermittwoch geht dann der **Osterfestkreis** los, der bis 50 Tage nach Ostern, also bis Pfingstsonntag reicht. Zu ihm gehören die Fastenzeit, die Karwoche, das Osterfest und Christi Himmelfahrt.

Danach beginnt die **zweite** und längste **Zeit im Jahreskreis**. Die Sonntage werden nun so weitergezählt, dass der letzte Sonntag im Kirchenjahr stets der 34. Sonntag im Jahreskreis ist. An diesem letzten Sonntag ist immer das Christkönigsfest; es setzt dem Jahr die Krone auf! In die Zeit des Jahreskreises gehören auch der Marienmonat Mai und der Rosenkranzmonat Oktober. Viele Heiligenfeste gibt es ebenfalls in dieser Zeit.

# Am ersten Advent geht's los

## Der Weihnachtsfestkreis

Weihnachtsfestkreis
1. Advent
2. Advent
3. Advent
4. Advent
Heiliger Abend
Weihnachten
Hl. Stephanus
Ev. Johannes
Fest der Heiligen Familie
Neujahr, Hochfest Maria
Heilige Drei Könige
Taufe des Herrn

## Vom ersten Advent bis zur Taufe Jesu – der Weihnachtsfestkreis

Der Weihnachstfestkreis hat zwei Teile: den Advent und die Weihnachtszeit. Das Wort „Advent" heißt „Ankunft". Es ist eine Zeit freudiger Erwartung. Der Advent beginnt immer mit dem Sonntag nach dem 26. November und endet natürlich zu Weihnachten. Besondere Bräuche sind der Adventskranz, der Nikolaustag, das Frauentragen oder die Barbarazweige. Jeder Adventssonntag hat ein ganz bestimmtes Thema: Am ersten Adventssonntag geht es um die Wiederkunft Christi. Am zweiten und dritten Sonntag hat Johannes der Täufer eine Hauptrolle. Er bereitet Jesus den Weg, und das sollen wir schließlich auch. Maria ist am vierten Adventssonntag „dran". Mit ihrem Ja zu Gott kann es Weihnachten werden.

Weihnachten selbst sind nur der erste und zweite Weihnachtsfeiertag. Und der Heiligabend gehört natürlich dazu. Die weihnachtliche Festzeit geht bis zum Fest der Taufe des Herrn. Das ist der Sonntag nach dem sechsten Januar. Dann ist Schluss mit der Weihnachtszeit.
Nach alter Tradition halten manche auch bis zum 2. Februar, dem Fest der Darstellung des Herrn, der auch Lichtmess genannt wird, aus. Wenn man so lange wartet, dauert die Weihnachtszeit 40 Tage.

# Die Erfindung des Advents

Erfunden wurde der Advent im 5. Jahrhundert in der italienischen Stadt Ravenna und in der Gegend um Antiochia, das heute in der Türkei liegt. Dort bereiteten sich am Sonntag vor dem Heiligen Abend die Gemeinden mit Fasten und Gebeten auf Weihnachten vor. Das muss Papst Gregor dem Großen so gut gefallen haben, dass er im sechsten Jahrhundert zur besonderen Vorbereitung auf das Weihnachtsfest gleich mehrere Wochen als Fastenzeit festlegte. Diese Zeit erhielt den Namen „Advent“ und war anfangs sogar eine vierzigtägige Fastenzeit. Sie begann in der alten Kirche nach dem 11. November, an dem das Martinsfest gefeiert wurde, und endete am 6. Januar. Dabei waren aber nur die Wochentage, also Montag bis Freitag, Fasttage. Erst im Konzil von Trient im Jahr 1570 wurden vier Sonntage, der erste bis vierte Advent, festgeschrieben.

# Im Advent wird nicht nur auf Weihnachten gewartet

Advent heißt Ankunft und meint eine Zeit des Wartens. Einmal ist Jesus schon auf die Erde gekommen. Das ist ungefähr 2000 Jahre her. Deswegen feiern wir zur Erinnerung daran Weihnachten. Aber warten wir im Advent auf Jesus, der zur Weihnacht geboren wird? Alle Jahre wieder? Mal ehrlich, wartet man auf Dinge, die schon geschehen sind? Nein, gewartet wird auf Jesus Christus, der wiederkommen wird. Niemand weiß, wann das passiert, trotzdem glauben wir Christen daran. Auch wenn schwer vorstellbar ist, wie das aussehen wird. Wenn er kommen wird, ist es vielleicht eine etwas merkwürdige Vorstellung, dass er da so „mir nichts, dir nichts" in unsere Welt hineinplatzt und sich über das Fernsehen an alle Menschen wendet. Vielleicht ist es so, dass uns diese Klarheit erst im Moment der eigenen Auferstehung bewusst wird. Der Advent ist alle Jahre wieder die Einladung, dass Gott in uns geboren werde. Die Weihnachtsgeschenke sind da wirklich Nebensache.

ADVENTSBRÄUCHE

## Barbarazweige

Am 4. Dezember steht die hl. Barbara im Kalender. Ihr Vater ließ sie der Legende nach in einen Turm einsperren und dann köpfen, weil sie sich taufen lies. Am Barbaratag werden Zweige in die Vase gesteckt, und im Volksbrauch wird es jetzt spannend. Verliebte schreiben den Namen ihrer Angebeteten auf das Holz. Blüht der Zweig zu Weihnachten, wird es was mit den beiden: Hochzeit, Kinder und langes Leben sind nahezu garantiert. Und wer nicht so recht weiß, wer der oder die Richtige ist, nimmt gleich mehrere Zweige, schreibt alle Namen drauf, und derjenige, dessen Namenszweig zuerst blüht, wird es werden. Das Ganze sollte man aber nicht allzu ernst nehmen.

# Nikolaustag

Wenn es eine Hitliste der Heiligen gäbe, stünde Nikolaus sicher in den Top 10. Der Heilige lebte im dritten Jahrhundert in Lykien, das heute zur Türkei gehört. Sein Name bedeutet „Sieg des Volkes". Der Legende nach wurde er im Jahr 325 zum Bischof von Myra geweiht, spendete sein geerbtes Vermögen an die Armen und war für die Nöte der Menschen und seiner Stadt immer ansprechbar. Oft fand er auf wundersame Weise Lösungen und rettete aus Nöten.

Der Nikolausbrauch, Schuhe und Strümpfe mit kleinen Gaben zu füllen, führt auf eine besondere Legende zurück: Als einem armen Mann das Geld für die Heirat seiner drei Töchter fehlte und er nicht mehr wusste, wie sie ihr Leben fristen sollten, wollte er die Mädchen in die Prostitution schicken. Nikolaus erfuhr das, schlich sich des Nachts zum Haus der Armen und warf Gold in den Kamin. Am nächsten Morgen fanden die Mädchen diese Gaben in ihren Stiefeln und Socken, die im Kamin, wie es damals üblich war, zum Trocknen hingen. Seitdem kommt Nikolaus jedes Jahr am 6. Dezember, um Kinder, die brav und artig waren, zu bescheren. In vielen englischsprachigen Ländern macht er das als Santa Claus zu Weihnachten.

Mancherorts bringt er dabei einen garstigen Helfer mit: Knecht Ruprecht. Der soll verzogene und unartige Kinder bestrafen, obwohl er durchaus auch manche Eltern und Lehrer in den Blick nehmen könnte.

# Luciatag

Populär ist der Luciatag vor allem in skandinavischen Ländern. Der 13. Dezember war bis zur Kalenderreform von Papst Gregor der dunkelste Tag des Jahres. Kein Wunder, dass zu diesem Tag viele Lichtsymbole gehören.
Lucia lebte wohl von 286 bis 310, mitten in der Zeit der Christenverfolgung, auf Sizilien. Schon als Kind soll sie gelobt haben, um Christi willen für ewig Jungfrau zu bleiben. Doch Jungfrau hin oder her, die Mutter wollte sie verheiraten, und sie musste sich verloben. Geschickt zögerte Lucia die Ehe immer wieder hinaus. Als die Mutter krank wurde, überzeugte Lucia sie, mit ihr eine Wallfahrt zu unternehmen. Das Wunder geschah: Die Mutter wurde geheilt und nahm den christlichen Glauben an. Lucia kündigte ihre Verlobung auf und nutzte ihr Vermögen, um eine Armen- und Krankenstation zu gründen. Die Legende erzählt weiter, dass sie in der Nacht versteckten Christen Lebensmittel brachte. Damit sie zum Tragen beide Hände frei hatte, setzte sie sich einen Lichterkranz auf den Kopf. Und der verschmähte Verlobte? Der muss ein ziemlich finsterer Typ gewesen sein. Er zeigte Lucia an, sie wurde gefoltert und getötet und wurde so zu einer Märtyrerin.
In Schweden gibt es am Luciatag einen besonderen Brauch: Die älteste Tochter einer Familie zieht sich am Morgen ein langes weißes Kleid an und setzt sich einen grünen Kranz auf, in den brennende Kerzen gesteckt werden. Dann geht sie von Zimmer zu Zimmer, weckt alle und bringt das Frühstück mit Kostproben der ersten Weihnachtsplätzchen. Damit ist allen klar, ihr Licht bereitet das hellere Licht der Weihnacht vor.

# Adventskranz

Der Adventskranz hängt so selbstverständlich in Häusern und Kirchen, dass es sich wohl um einen sehr alten Brauch handeln muss. Weit gefehlt. Der evangelische Theologe Hinrich Wichern betreute im 19. Jahrhundert arme Kinder und Waisen in einem alten Bauernhaus in Hamburg. Je näher das Weihnachtsfest rückte, desto häufiger fragten die Kinder, wann es denn endlich so weit sei. Da hatte Wichern 1839 eine Idee: Er nahm ein altes Wagenrad und stellte Kerzen darauf: große weiße für die Adventssonntage und dazwischen kleine rote Kerzen für die Wochentage. Jeden Tag wurde eine Kerze mehr angezündet, und so wurde es in der Stube immer heller. Nun war es leicht, die Tage bis zum Fest abzuzählen. Später wechselte er das Wagenrad gegen einen schönen Holzring aus und hing zum Schmuck noch Tannengrün an den Kranz.

Es dauerte nicht lang, da machten das viele Menschen nach. Viele ließen die Wochentage weg, machten einfachere und kleinere Kränze aus Tannengrün und nahmen nur die vier Sonntagskerzen. Es dauerte bis ins Jahr 1925, bis in Köln das erste Mal ein Adventskranz in einer katholischen Kirche strahlte. So ist der Adventskranz auch ein wunderschönes ökumenisches Symbol.

# Adventskalender

Der Adventskalender stammt wohl aus dem 19. Jahrhundert und kennt ganz verschieden Formen. Der erste bekannte selbstgebastelte Kalender stammt aus dem Jahr 1851. In den Häusern wurden in der Adventszeit nacheinander 24 kleine Bilder an die Wand gehängt. Älter ist die Idee, 24 Kreidestriche an die Wand oder eine Tür zu malen. Jeden Tag durften die Kinder einen der Striche abwischen. Mancherorts wurde jeden Tag ein Strohhalm in eine Krippe gelegt, damit es das Jesuskind zu Weihnachten weich hat. Es gab markierte Adventskerzen, die Tag für Tag immer ein Stück abgebrannt wurden.

1903 wurde in München der erste Adventskalender gedruckt. Die Idee hatte Gerhard Lang, ein Lithograph. Er druckte 24 bunte Bildchen, die die Kinder Tag für Tag ausschneiden und auf einen Adventsbogen kleben konnten. Als dieser vollgeklebt war, war Weihnachten. Er erfand auch das Christkindleinshaus, den ersten mit Schokolade gefüllten Adventskalender.

Seit 1920 gibt es die Kalender mit Türchen, die man öffnen kann. Dahinter sind Bilder versteckt und seit 1950 auch Süßigkeiten. Ein wunderschöner neuer Brauch sind Säckchen oder Päckchen, in denen die Krippenfiguren versteckt sind, die nach und nach zur Krippe gestellt werden. Klar, dass die letzte Figur am 24. Dezember das Jesuskind ist.

# Für Aufgeweckte: die Roratemessen

Im Advent gibt es die Rorategottesdienste. Das sind Morgenmessen in der nur durch Kerzen erleuchteten Kirche. Sie heißen so, weil sie immer mit dem Eröffnungsvers „Rorate caeli“ beginnen: „Rorate caeli desuper, et nubes pluant justum; aperiatur terra, et germinet Salvatorem.“ Das ist Latein und heißt übersetzt: „Tauet, ihr Himmel, von oben; ihr Wolken, regnet herab den Gerechten. Tu dich auf, o Erde, und sprosse den Heiland hervor.“ Dieser Spruch aus dem Buch Jesaja meint die Hoffnung, dass Jesus wieder zu uns kommt.
Wer zu einer dieser Frühmessen will, sollte nicht vergessen, den Wecker zu stellen, denn das frühe Aufstehen und die Dunkelheit gehören zu Roratemessen dazu. Natürlich kann das elektrische Licht angeschaltet werden, aber in vielen Kirchen wird darauf verzichtet, und das aus gutem Grund: Die Rorate ist ein Morgengottesdienst, der „in unsere Dunkelheiten hinein“ ein Licht entzünden will. Die Kerzen symbolisieren das Kommen Jesu, den wir ja auch das Licht der Welt nennen.

# Nicht nur schöne Stimmung

Diese Worte sagen uns, dass wir Gottes Sohn von überall erwarten dürfen. Das Volk Israel kannte die Wüste und stellt sich das Kommen des Messias wie einen Regen vor, der die Wüste zum Blühen bringt. Der Heiland kommt als lebensrettendes Wasser vom Himmel und wächst gleichzeitig aus der vorher trockenen Erde hervor. Das passiert mitten unter uns. Die beiden beliebtesten Roratelieder „Tauet, Himmel, den Gerechten" und „O Heiland, reiß die Himmel auf" singen davon. Auch in unserer Welt gibt es viel Dunkelheit. Es gibt Armut, Not, Verzweiflung, Krieg. In der Roratemesse feiern wir die Hoffnung auf die Wiederkunft des Herrn. Sie will uns auch ermutigen, selbst Lichter in dieser Welt anzuzünden.

# Advent ist violett und einmal rosa

Die liturgische Farbe im Advent ist Violett, die Farbe der Buße. Buße heißt auch, sich selbst genauer kennenzulernen und sich so zu ändern, dass einiges besser gelingt. Daher passt auch die besondere Einladung alljährlich vor Weihnachten, beichten zu gehen. Dann kann neu „durchgestartet" werden.

In ganz wenigen Kirchen gibt es für den 3. Adventssonntag „Gaudete" (lat. „Freut euch!") auch rosa Gewänder. Bei diesem „aufgehellten Violett" ungefähr in der Mitte der Adventszeit scheint also schon ein bisschen das Weiß des Weihnachtsfestes auf. Wo es keine rosa Gewänder gibt, bleibt es beim Violett.

# Der Weihnachtstermin – Es ist unwahrscheinlich, dass Jesus am 25. Dezember des Jahres Null geboren wurde

Ist Jesus am 25. Dezember des Jahres Null geboren? Ganz ehrlich: Wir wissen es nicht. Das Jahr Null hat es nämlich nie gegeben, denn die römischen Zahlen kennen gar keine Null. Außerdem fängt das Zählen immer mit der Eins an. Und der 25. Dezember ist auch nicht in der Bibel als Geburtstag vermerkt. Trotzdem feiert die Kirche an diesem Tag die Geburt Jesu. Zuerst geschah dies am 6. Januar, dem Fest „Erscheinung des Herrn“. Erst im Jahr 354 legte Papst Liberius den Weihnachtstermin auf den 25. Dezember. Nicht etwa, weil er die Geburtsurkunde Jesu auf dem Standesamt in Betlehem gefunden hatte, sondern aus einem ganz symbolträchtigen Grund: Im Römischen Reich war der 25. Dezember der Tag des „unbesiegbaren Sonnengottes“. Ab diesem Tag scheint die Sonne wieder jeden Tag ein bisschen länger. Und wenn Christus das Licht der Welt ist, wäre es doch das Beste, wenn die Feier seiner Geburt dieses „Hineinkommen des Lichtes in die Welt“ auch zeigt.

# Wie kam die Krippe zum Weihnachtsfest?

Natürlich steht die Krippe schon in der Bibel. Aber es dauerte noch über 1200 Jahre, bis der heilige Franziskus eine geniale Idee hatte: Zum Weihnachtsfest 1223 wurde in einer Höhle mitten im Wald bei der italienischen Stadt Greccio das Geschehen von Betlehem nachgestellt. Allerdings nicht mit Puppen oder Figuren, sondern mit lebenden Menschen und Tieren. Ein kleines Baby lag auf Stroh gebettet im Futtertrog. Ochs und Esel standen daneben, ein Paar stand für Maria und Josef. Franziskus soll in dieser Nacht so ergreifend gepredigt haben, dass alle das Weihnachtsgeheimnis verstanden. Den vorwiegend armen Menschen gingen die Augen auf: Jesus ist einer von ihnen. Aus dieser Geschichte entwickelte sich in ganz Europa der Brauch, Figuren und Krippen aufzustellen.

# Kurze Geschichte des Weihnachtsbaumes

Die Idee, einen Baum ins Zimmer zu stellen, hatten als Erste die alten Germanen. Für sie war ein immergrüner Baum ein Zeichen für das Leben und die Hoffnung auf den Frühling. Und da die Zweige ohnehin zur Winterzeit aufgestellt wurden, standen sie auch zu Weihnachten da, was damals aber bei Weitem nicht so gefeiert wurde, wie wir es heute tun. Der Brauch, dass ein Baum geschmückt und ins Zimmer gestellt wird, ist gerade mal 400 Jahre alt. Und als Lebensbaum passt er gut zur Geburt des Christkindes und ist heute genauso wie die Krippe von Weihnachten nicht mehr wegzudenken.

# Weihnachten ist am 25. Dezember und dauert 8 Tage

Kirchliche Feste beginnen immer mit dem Dunkelwerden, also am Abend vor dem eigentlichen Feiertag. Deshalb gibt es auch die vorgefeierten Sonntagsmessen am Samstagabend. Der Abend vor Weihnachten, also am 24. Dezember, ist der „Heilige Abend“, und da dieser sehr lang werden kann, heißt die Nacht die „Heilige Nacht“. Wir feiern die Geburt Jesu, obwohl wir nicht wissen, an welchem Tag und in welchem Jahr er wirklich geboren wurde. Da Weihnachten so wie Ostern ein ganz großes Fest ist, wird es eine Oktav lang, also acht Tage lang gefeiert. Erst mit dem 1. Januar wird das Fest abgeschlossen. Und was heißt Weihnachten? Im Althochdeutschen „ze wihne nachten“ – „in den heiligen Nächten“. Besser merkt sich „geweihte Nacht“.

# Nikolaus, Santa Claus, der Weihnachtsmann, Martin Luther und das Christkind

In England und Amerika heißt der Nikolaus „Santa Claus“ und kommt am 25. Dezember. Bloß wieso erscheint er bei uns schon am 6. Dezember und in Amerika erst zu Weihnachten? Ganz einfach. Am Nikolaustag (6.12.) beschenkte man sich schon seit dem 11. Jahrhundert. Mit der Reformation wurde in der evangelischen Kirche die Heiligenverehrung abgeschafft und das Schenken auf Weihnachten verlegt. Anstelle des Nikolaus kam jetzt das Christkind mit Gaben. Theologisch klug gedacht, aber eine alte Tradition lässt sich nicht so leicht ändern.

Die Engländer ließen Santa Claus nun zu Weihnachten durch den Schornstein klettern. Im konfessionell gemischten Deutschland hielten die Katholiken weiter am Nikolaustag fest und bei den Protestanten kam das Christkind. Es dauerte nicht lange, da kamen Nikolaus und Christkind an ihren Tagen in evangelische wie in katholische Stuben.

Ende des 19. Jahrhunderts erschien der Mann im roten Mantel auch noch auf der Bühne. Er wurde jedoch nicht von einer Colafirma erfunden, sondern von ihr nur erfolgreich als Werbeträger benutzt. Der Weihnachtsmann ist ein zusammengebasteltes Etwas: Aus dem Bischof wurde ein alter Mann, aus der Mitra eine Pudelmütze, aus dem Stab eine Rute (vielleicht von Knecht Ruprecht geklaut?), und er kam in der Nacht zum 25. Dezember „vom Himmel her“.

Schon kurz nach Weihnachten wird es deutlich. Auch wenn uns das Weihnachtsfest idyllisch anmutet, was es allerdings biblisch nicht ist, wird die böse Seite der Welt sichtbar: Fanatismus, Mordlust, Gewalt.

## 26. Dezember: Stephanustag/Stephanitag

Stephanus wurde um das Jahr 40 als erster Märtyrer zu Tode gesteinigt. Die Apostelgeschichte beschreibt ihn als „einen Mann, erfüllt vom Glauben und vom Heiligen Geist“ (Apg 6,5).
Er wird sehr redebegabt und überzeugend gewesen sein und damit wurde er für die Feinde der jungen Christen zu einer Gefahr. Und was in fanatischen Kreisen immer zieht, ist der Vorwurf der Gotteslästerung. Weil Stephanus behauptet habe, Jesus wolle den Tempel zerstören und die von Moses überlieferten Gesetze verändern, wurde er von der erzürnten Menge zum Hohepriester geschleppt und von ihm befragt. In der Apostelgeschichte antwortet Stephanus mit einer der längsten Reden der Bibel. Er bekennt sich zu seinem christlichen Glauben und wirft seinen Anklägern vor, sich dem Heiligen Geist zu widersetzen. Damit nicht genug, sie hätten auch die Propheten verraten und getötet und die Gesetze des Moses missachtet. Aus dem Angeklagten wird der Ankläger. Diese flammende Rede bringt die aufgebrachten Zuhörer so in Rage, dass sie ihn vor die Stadt treiben und steinigen. Nachzulesen in der Apostelgeschichte 7.

# 28. Dezember: Fest der unschuldigen Kinder

Bei diesem Fest, das schon seit dem 6. Jahrhundert begangen wird, wird an den Kindermord von Bethlehem gedacht, an den Tag, an dem König Herodes die Kinder von Betlehem töten ließ in der trügerischen Hoffnung, dabei auch Jesus zu erwischen, der, so glaubte der brutale Herrscher, ihm als neugeborener König irgendwann gefährlich werden könnte. Und so ist es an diesem Tag ein besonderes Gebetsanliegen, dass alle Kinder in der Welt unbeschwert aufwachsen können.

# Der heilige Silvester

Da hat er ganz schön Glück gehabt, der Papst Silvester, dass er am 31. Dezember 335 starb. So zählt er zu den bekanntesten Heiligen. Nicht etwa, weil er ein ganz besonders heiliger Heiliger war, sondern einfach, weil sein Festtag der 31. Dezember ist. Und als die Menschen begannen, den Kalenderwechsel als Jahreswechsel zu feiern, benannten sie das Fest einfach nach dem Tagesheiligen. So kam Papst Silvester I. zu seiner Berühmtheit. Was er gemacht hat, wissen trotzdem die wenigsten. Deshalb sei es hier kurz verraten:

Während der Christenverfolgung unter dem römischen Kaiser Diokletian hatte Silvester sich in den Bergen bei Rom versteckt. Als Kaiser Konstantin an die Macht kam, hatten die Christenverfolgungen ein Ende, und Silvester wurde zum Bischof von Rom gewählt. Mit Kaiser Konstantin und Papst Silvester wurde aus einer Untergrundkirche eine befreite Kirche, die im Römischen Reich zunehmend Einfluss und auch Macht gewann. So wurden in dieser Zeit zwei der Hauptkirchen Roms errichtet: die alte Peterskirche (dort steht heute der Petersdom) und die Lateranbasilika. Auch das erste Konzil der Kirchengeschichte fand unter Silvesters Mitwirkung 325 in Nizäa statt.

# Jahresabschlussgottesdienste und Böller

Meist gibt es an Silvester einen Jahresabschlussgottesdienst. Darin wird Rückschau gehalten und für das Jahr gedankt. Außerdem bitten wir um den Segen für das nächste Jahr. Manchmal denkt sogar jemand an Papst Silvester, über den trotz des berühmten Namens kaum einer etwas weiß. Es gibt Kirchen, die um Mitternacht zu einer Besinnung über das Jahr einladen. Den Jahreswechsel in Stille zu verbringen, gelingt meistens nicht, weil die Feuerwerke überall zu sehen und zu hören sind.
Jedes Jahr werden mehrere 100 Millionen Euro für Silvesterraketen und Böller ausgegeben. Eigentlich eine riesige Verschwendung, so viel Geld in die Luft zu schießen. Deshalb gibt es Spendenaktionen, z. B. unter dem Motto „Brot statt Böller“, bei denen man auf die Knallerei verzichtet und das Geld für Entwicklungshilfe in armen Ländern spendet. Hier muss jeder selbst entscheiden. Kräftig feiern und anderen helfen müssen sich aber nicht ausschließen.

# 6. Januar: Erscheinung des Herrn oder Dreikönigstag?

Im 3. Jahrhundert entstand in der Ostkirche – also im damaligen Oströmischen Reich mit der Hauptstadt Konstantinopel – das Fest „Erscheinung des Herrn“. Was so kompliziert klingt, meint eigentlich: Jesus ist heute auf dieser Welt erschienen. Die Oströmer feierten Weihnachten später als die Weströmer. Das macht die orthodoxe Kirche bis heute so. Warum auch nicht, auch der 25. Dezember ist ja eine symbolische Festlegung und keine datumsgenaue Geburtstagsfeier. Da an diesem Tage auch an die Heiligen Drei Könige gedacht wird, heißt er auch Dreikönigstag.

# Kaspar, Melchior und Balthasar stehen in keiner Bibel

Eigenartig, in der Bibel sind die drei Könige nicht zu finden. Alles Schwindel? Nein, wahr ist: die Bibel berichtet zwar nicht von Königen, aber von Weisen. Sie schreibt nicht, wie viele es waren, und nennt keine Namen. Alle kommen aus einem Land! Zur Zahl drei kam es durch die drei Geschenke, die sie mitbrachten: Weihrauch, Gold und Myrrhe. Ihre Namen sind irgendwann später erfunden worden. Die drei wurden nie heiliggesprochen.

Die Bibel erzählt sehr wenig über die Weisen. Sie ist ja auch kein historischer Bericht. Aber die Menschen waren neugierig: Wer waren die Weisen? Wieso erkennt sein Volk Jesus, den neugeborenen König, nicht, und warum müssen Leute von weit her kommen, um ihn zu erkennen? Vielleicht liegt hier der Schlüssel der Geschichte. Die Weisen wissen zwar nicht genau, was kommen wird, als sie ihrem Stern folgen, trotzdem gehen sie los und vertrauen darauf, dass der Weg sich lohnt. So kommen sie zum Kind in der Krippe. Und dort haben sie den Blick frei, den Messias zu erkennen. Erst später wurden ihnen Namen und eine Legende gegeben. Wenn wir heute glauben, bleibt uns nichts anderes übrig, als genau wie die Weisen einem manchmal unklaren Stern zu folgen. Mit so einer Offenheit können wir Christus finden, meist gerade dort, wo wir ihn am wenigsten erwarten.

## Häusersegen und Sternsingen

Vor allem Kinder und Jugendliche machen beim Sternsingen mit. Sie ziehen verkleidet als Könige von Haus zu Haus, singen und sammeln Geld für Kinder in der Welt. Oft segnen sie die Häuser. Dabei schreiben sie C+M+B und die Jahreszahl mit Kreide über die Tür und versprengen Weihwasser.

CMB heißt allerdings nicht Caspar, Melchior, Balthasar. Nein, es heißt „Christus mansionem benedicat". Die Mansion ist das Haus und „benedicere" heißt „segnen". Also heißt es „Christus segne dieses Haus".

Das Sternsingen erfand im Jahr 1946 der slowenische Salesianerpater Janez Rovan. Nach den Schrecken des Zweiten Weltkrieges wollte er mit Kindern Licht und Hilfe in die Welt bringen. Seit 1959 ziehen die Sternsinger auch durch Deutschland. Mittlerweile ist es die größte Kinder-Spendenaktion der Welt.

# Wann ist Schluss mit Weihnachten?

Die Weihnachtszeit endet am Tag der Taufe Jesu. Das ist fast immer der 3. Sonntag nach Weihnachten. Aus vielen Kirchen werden dann die Weihnachtsbäume und Krippen herausgeräumt. Das war nicht immer so. So geht vielerorts nach alter Tradition die Weihnachtszeit bis 40 Tage nach Weihnachten und endet am 2. Februar. Hier wird das Fest „Darstellung des Herrn“, das auch die alte deutsche Bezeichnung „(Mariä) Lichtmess“ trägt, gefeiert. Wer danach noch einen Weihnachtsbaum stehen hat, ist wirklich zu spät dran.

# Wenn die Sonntage Nummern tragen

## Die erste Zeit im Jahreskreis

Sonntage im Jahreskreis
Darstelllung des Herrn
Sonntage im Jahreskreis
1. Zeit im Jk.

Jetzt beginnt die Zeit im Jahreskreis. Also werden die Sonntage gezählt. Der Sonntag, der auf den 6. Januar folgt, bekommt die Nummer eins. Die liturgische Farbe für diese Zeit ist Grün. Der bekannteste Heilige, der in dieser Zeit gefeiert wird, ist der heilige Blasius. Trotzdem schiebt sich in diese Zeit noch ein Fest, das eigentlich in die Weihnachtszeit gehört:

## 2. Februar: Darstellung des Herrn

Am vierzigsten Tag nach Weihnachten, am 2. Februar, feiern wir „Mariä Lichtmess". Ganz korrekt heißt es „Fest der Darstellung des Herrn". Das Fest erinnert daran, dass Jesus vierzig Tage nach seiner Geburt von seinen Eltern zum Tempel gebracht wird.

40 Tage nach der Geburt eines Jungen war es zur Zeit Jesu üblich, im Tempel ein Reinigungsopfer darzubringen. Dies berichtet die Bibel. Lukas erzählt dabei von zwei alten Menschen, der Prophetin Hanna und dem betagten Simeon. Beide erkennen im Säugling Jesus bereits den Messias. Simeon betet eines der schönsten Gebete aus der Bibel, es gehört bis heute zum Nachtgebet der Kirche:

*„Nun lässt du, Herr, deinen Knecht,*
*wie du gesagt hast, in Frieden scheiden.*
*Denn meine Augen haben das Heil gesehen,*
*das du vor allen Völkern bereitet hast,*
*ein Licht, das die Heiden erleuchtet,*
*und Herrlichkeit für dein Volk Israel."*

Das Fest und die dazugehörigen Kerzenweihen und Lichterprozessionen entstanden im 4./5. Jahrhundert in Jerusalem. Denn Jesus ist, wie schon Simeon erkannte, „... ein Licht, das die Heiden erleuchtet" (Lukas 2,32). Lange war dieses Fest der Abschluss der Weihnachtszeit, heute endet sie bereits mit dem Fest „Taufe des Herrn".

# 3. Februar: Der heilige Blasius und die Fischgräten

Blasius war Arzt in der Stadt Sebaste und lebte im 3./4. Jahrhundert in Armenien. Das gehörte zum Römischen Reich. Er war einfühlsam und sehr tolerant und half allen, egal ob Christ oder nicht, arm oder reich. Eines Tages wählten ihn die Leute zu ihrem Bischof. Weil das Christentum damals im Römischen Reich verboten war, versteckte sich Blasius, wurde aber entdeckt, verhaftet, gefoltert und schließlich hingerichtet, weil er sich weigerte, seinem Glauben an Gott abzuschwören. Im Gefängnis soll er einen Jungen, der eine Fischgräte verschluckt hatte, mit Beten vor dem Ersticken bewahrt haben. Und bevor er starb, betete er darum, dass alle Menschen, die Halskrankheiten haben und Gott in seinem Namen um Heilung bitten, Gehör fänden.

So wird an seinem Namenstag, dem 3. Februar, der Blasiussegen gespendet. Der Priester oder Diakon kreuzt zwei Kerzen und spricht: „Auf die Fürsprache des heiligen Blasius bewahre dich der Herr vor Halskrankheit und allem Bösen. Es segne dich Gott, der Vater und der Sohn und der Heilige Geist. Amen."

# 14. Februar: Valentinstag

Das ist was für Schmetterlinge im Bauch: Am 14. Februar überraschen sich Paare und solche, die es vielleicht werden wollen, mit kleinen Briefen, Geschenken und Blumen. In Deutschland ist das ein eher junger Brauch, der ähnlich wie Halloween über Amerika zu uns kam. Dabei ist der Hintergrund durchaus historisch. Der heilige Valentin soll als Priester heimlich im Römischen Reich christliche Paare getraut haben. Diese Ehen standen angeblich unter einem besonders guten Stern. Auf Befehl des Kaisers Claudius II. wurde er 269 während einer Christenverfolgung enthauptet.

Ein noch recht junger Brauch zu diesem Tag sind Segnungsfeiern für Paare. Ob verliebt, verlobt, verheiratet, evangelisch, katholisch oder ungetauft – zu diesen Gottesdiensten sind alle eingeladen, die auf den Zuspruch Gottes für ihre Partnerschaft vertrauen.

## Mit Fastnacht, Rosenmontag, Faschingsdienstag endet die erste Zeit im Jahreskreis

So richtig gehört die Faschingszeit zwar nicht zum Kirchenjahr, allerdings hängt sie stark damit zusammen. Schließlich hat sie ihren Höhepunkt in den letzten Tagen vor der Fastenzeit. Letzte Chance also, vor dem Aschermittwoch noch mal ausgelassen zu feiern und sich zu verkleiden.
Als Beginn der närrischen Zeit gilt der 11.11. um 11.11 Uhr. Ursprünglich war das der letzte Tag vor der langen Adventsfastenzeit von vierzig Tagen, die es heute so nicht mehr gibt. Daher rührt auch der Brauch, eine Martinsgans als „letztes großes Festessen“ vor dem Fasten zu verspeisen. Die Narren haben nach dem 11.11. gleich wieder Pause.

Die Fastnachtzeit, wie sie auch genannt wird, startet traditionell am Dreikönigstag und hat ihren Höhepunkt in den letzten sieben Tagen vor Aschermittwoch. Punkt Mitternacht am Faschingsdienstag endet der Karneval und die Fastenzeit fängt an. Auch die erste Zeit im Jahreskreis ist zu Ende und der große Osterfestkreis beginnt.

# Die spannendste Zeit mit Fasten und Feiern

## Der Osterfestkreis

Pfingsten
7. So der Osterzeit
Christi Himmelfahrt
3.–6. So der Osterzeit
Weißer Sonntag
Ostermontag
Ostersonntag
Karfreitag
Gründonnerstag
Palmsonntag
5. Fastensonntag
4. Fastensonntag
1.–3. Fastensonntag
Aschermittwoch
Osterfestkreis

## DIE FASTENZEIT

# Am Aschermittwoch ist alles vorbei

Nach den tollen Faschingstagen hören am Aschermittwoch alle Faschingsfeiern auf. Wer sich danach immer noch verkleidet, hat irgendwie den Anschluss verpasst. Aschermittwoch ist ein Fast- und Abstinenztag. Das heißt, dass Erwachsene an diesem Tag nur eine feste Mahlzeit zu sich nehmen, kein Fleisch essen und einen Gottesdienst besuchen sollen.

Das ist der Start in die Fastenzeit. Und das ist keine Zeit für saure Mienen und schielende Blicke auf die Süßigkeiten im Schrank. Jetzt ist Zeit, sich auf Ostern, das wichtigste Fest im Jahr, vorzubereiten. Das geht am besten, wenn wir selbst wieder „wie neugeboren" werden.

Der Aschermittwochsgottesdienst ist eine normale heilige Messe. In ihr bekommen alle ein Aschekreuz auf die Stirn gezeichnet. Die Asche kommt dabei von verbrannten Zweigen, die im vorherigen Jahr am Palmsonntag gesegnet wurden. Das Aschekreuz will uns deutlich machen: Aus Staub sind wir gemacht, und zu Staub werden wir zurückkehren. Wir denken an den Tod, der zum Leben dazugehört und ohne den es keine Auferstehung gäbe.

# Die 40-tägige Fastenzeit ist 46 Tage lang

Wer die Tage zwischen Aschermittwoch bis Ostern zählt, wird merken, es sind nicht 40, sondern 46 Tage. Richtig gezählt, und trotzdem stimmt die 40. Das kommt daher, dass die Sonntage keine Fasttage sind. Schließlich ist jeder Sonntag ein kleines Osterfest. Und so werden sie nicht mitgezählt.

Die Fastenzeit erinnert an zwei Zeiten: Einmal an die 40 Tage, die Jesus in der Wüste gefastet hat. In diesen Tagen hat er sich auf sein Wirken in Galiläa vorbereitet. Und sie erinnern an die 40 Jahre, in denen Mose das Volk Israel nach der Befreiung aus Ägypten durch die Wüste ins Gelobte Land geführt hat.

# Fastensonntage

Die Fastensonntage werden gezählt und haben zusätzlich einen lateinischen Namen, der das „Thema“ des Sonntags benennt. Es ist ein Psalmvers oder ein Vers aus dem Buch Jesaja, mit dem früher die Messe eröffnet wurde.

**1. Fastensonntag, *Invocabit***
Invocabit me, et ego exaudiam eum – Wenn er mich anruft, dann will ich ihn erhören (Psalm 91,15)

**2. Fastensonntag, *Reminiscere***
Reminiscere miserationum tuarum – Denk an dein Erbarmen, Herr (Psalm 25,6)

**3. Fastensonntag, *Okuli***
Oculi mei semper ad Dominum – Meine Augen schauen stets auf den Herrn (Psalm 25,15)

**4. Fastensonntag, *Laetare***
Laetare, Jerusalem – Freue dich, Stadt Jerusalem! (Jesaja 66,10)

**5. Fastensonntag, *Judika***
Judica me, Deus – Verschaffe mir Recht, o Gott (Psalm 43,1)

# Fasten befreit!

Beim Fasten geht es nicht darum, mit trauriger Miene Gott zu zeigen, auf was ich so alles verzichten kann. Davon haben weder Gott noch ich etwas. Beim Fasten geht es darum herauszubekommen, ob die Dinge mich oder ob ich die Dinge im Griff habe. Wenn ich sie im Griff habe, bin ich wirklich frei, sie zu nehmen oder auch nicht. Haben sie mich im Griff, werde ich unausstehlich, wenn ich nicht bekomme, was ich will. Das kann man testen, indem man in der Fastenzeit einfach bewusst auf einige gewohnte Dinge verzichtet. Manche versuchen das mit Süßigkeiten, manche mit Fleisch oder Fernsehen. Durch Verzichten kann ich mich von Abhängigkeiten freimachen. Fasten ist kein Hochleistungssport für Überlebenskämpfer. Wer verzichtet, gewinnt Freiheit und entdeckt, wozu er in der Lage ist. Und es ist ein offenes Geheimnis, dass die Dinge, auf die man eine Weile verzichtet hat, danach oft viel besser schmecken.

# Buße verleiht Flügel

Buße – ein ziemlich finsterer Klang liegt in diesem Wort. Dabei meint es eigentlich etwas Schönes. Jeder Mensch macht Sachen falsch, und ihm tun Dinge leid, die er getan oder gesagt hat. Die österliche Bußzeit, wie die Fastenzeit auch genannt wird, lädt ein, zur Ruhe zu kommen und sich zu überlegen: Wo kann ich mich ändern? Wo kann ich ein wenig besser werden, als ich bin? In der Beichte vergibt mir Gott meine Sünden. Es ist gut, sie mit jemandem zu besprechen, der mich versteht und annimmt. Die meisten kommen erleichtert und „beschwingt wie ein Engel“ aus der Beichte heraus. Büßen kennt ein „happy end“.

# Sonntag Laetare – Bergfest mitten in der Fastenzeit

Die Mitte der Fastenzeit: „Laetare“ ist latein und heißt übersetzt „Freue dich.“ Die Hälfte der Fastenzeit ist geschafft, will uns diese Sonntagsbezeichnung sagen. Und deshalb gibt es in einigen Sakristeischränken für den vierten Fastensonntag rosa Mess- und ganz selten auch rosa Ministrantengewänder.
Warum rosa? Ganz einfach: Rosa ist ein leichtes Violett und sieht nicht so streng aus. Wer kein Rosa findet, bleibt bei Violett.

# Kreuzwegandachten

Kreuzwegandachten sind meist in der Woche. Bei diesen Gottesdiensten erinnern wir uns an den Kreuzweg Jesu und schauen uns einige der 14 Kreuzwegstationen an. In vielen Gemeinden gibt es besondere Kreuzwege für die Kinder. Für die Jugend gibt es jedes Jahr einen ökumenischen Jugendkreuzweg. Der Kreuzweg besteht aus 14 Stationen:

1. Jesus wird zum Tode verurteilt.
2. Jesus nimmt das Kreuz auf seine Schultern.
3. Jesus fällt zum ersten Mal unter dem Kreuz.
4. Jesus begegnet seiner Mutter.
5. Simon von Zyrene hilft Jesus, das Kreuz zu tragen.
6. Veronika reicht Jesus das Schweißtuch.
7. Jesus fällt zum zweiten Mal unter dem Kreuz.
8. Jesus begegnet den weinenden Frauen.
9. Jesus fällt zum dritten Mal unter dem Kreuz.
10. Jesus wird seiner Kleider beraubt.
11. Jesus wird ans Kreuz geschlagen.
12. Jesus stirbt am Kreuz.
13. Jesus wird vom Kreuz genommen und in den Schoß seiner Mutter gelegt.
14. Der heilige Leichnam Jesu wird in das Grab gelegt.

## Die heilige Woche von Palmsonntag bis Ostern

Die Kar- und Ostertage sind das wichtigste Ereignis im Kirchenjahr. Hier wird gefeiert, was wir glauben: dass nach dem Tod nicht Schluss ist mit dem Leben. Nein, es geht weiter! Jesus hat es uns vorgemacht. Auf den schrecklichen Tod am Kreuz folgt die Auferstehung von den Toten, auf Karfreitag folgt Ostern. Das ist das eigentliche Geheimnis des Glaubens: Jesus ist gestorben und auferstanden.

Dieser Glaube verlangt uns einiges ab. Wie können wir denjenigen vertrauen, die uns von Jesu Auferstehung berichten? Wie soll das überhaupt gehen, ein Leben nach dem Tod?

Schön wäre ein schlüssiger Beweis. Aber den gibt es nicht. Wir können nur darauf vertrauen, dass die Jünger sich nicht getäuscht haben. Sie haben sich sicher nicht geirrt. Wären sie sonst bereit gewesen, für ihren Glauben ihr Leben einzusetzen? Der Osterglaube fordert uns heraus – ein ganzes Leben lang.

Die heilige Woche ist die einzige Zeit im Kirchenjahr, die uns eine Woche im Leben Jesu nacherleben lässt: Er wird am Anfang der Woche, am Palmsonntag, bejubelt, dann verstehen ihn nicht einmal mehr seine Jünger. Sie feiern das Abendmahl, er wird ans Kreuz genagelt und von den meisten verlassen. Und als alles zu Ende zu sein scheint, heißt es, das Grab ist leer, und das große Staunen beginnt.

# Palmsonntag

Als Jesus auf einem Esel in Jerusalem einzog, jubelten ihm die Menschen mit Palmzweigen zu. Viele hielten ihn für einen Wundertäter, manche für den Messias oder einen Propheten. Begeistert riefen sie: „Hosanna dem Sohne Davids“, während die Römer misstrauisch nach ihm schauten. Nichts konnten sie weniger gebrauchen als einen Unruhestifter, für den sie Jesus hielten. Mit der Erinnerung an diesen grandiosen Einzug startet die Karwoche. Der Palmsonntagsgottesdienst beginnt mit der Palmweihe und einer Prozession. Am Ende der Fastenzeit bricht Freude aus. Doch die währt nur kurz. Im gleichen Gottesdienst wird aus dem Evangelium gelesen, wie es weitergeht: mit der Passion Jesu, also seinem Leiden und Sterben am Kreuz.

# Chrisammesse/Ölmesse

Traditionell fand diese Ölmesse am Morgen des Gründonnerstags statt. Heute ist sie aus praktischen Gründen meist an einem der ersten Tage der Karwoche. Dabei werden vom Bischof die Öle für die Sakramentenspendung geweiht. Bei diesem Gottesdienst versammeln sich fast alle Priester eines Bistums, denn sie brauchen die Öle ja in den kommenden Monaten auch. Die heiligen Öle sind: Krankenöl (für die Krankensalbung), Chrisam (für die Firmung, Taufe, Priester- und Bischofsweihe) und Katechumenenöl (für die Taufe). Geweiht wird Olivenöl.

# Gründonnerstag

Gründonnerstag hat nichts mit der Farbe Grün zu tun. Zumindest das „Grün-" leitet sich vom altdeutschen Wort „greinen" ab. Das heißt so viel wie „weinen". Trotzdem gibt es am Gründonnerstag viel Grün, da der Platz für die Monstranz ganz besonders festlich mit Blumen geschmückt ist. Jesus feierte mit seinen Jüngern das letzte Abendmahl. Vorher wusch er ihnen die Füße.
Jesus teilte Brot und Wein. Dies ist die Geburtsstunde des Abendmahles im Gottesdienst, der Eucharistie. In jeder heiligen Messe wird daran erinnert: Denn am Abend, an dem er ausgeliefert wurde und sich aus freiem Willen dem Leiden unterwarf, nahm er das Brot und sagte Dank, brach es, reichte es seinen Jüngern und sprach: „Nehmet und esset alle davon: Das ist mein Leib, der für euch hingegeben wird."

Nach dem Mahl ging Jesus in den Garten Getsemani, um zu beten. Die Jünger, die ihn begleiteten, schliefen ein und wurden erst wach, als Soldaten kamen, um Jesus festzunehmen.

Im Gottesdienst gibt es einige Besonderheiten.
Nach dem Glorialied schweigen bis zur Osternacht die Glocken und die Orgel. In einer alten Legende heißt es, die Glocken fliegen bis Ostern nach Rom und werden gestimmt.
Die Fußwaschung wird gestaltet, vielerorts wird die Kollekte von den Gläubigen vor den Altar gebracht.
Das Allerheiligste wird am Ende des Gottesdienstes zu einem Seitenaltar oder einer Kapelle gebracht, und der Altar wird komplett abgeräumt.
Oft wird nach dem Gottesdienst ein Agapemahl gehalten und danach gehen die verschiedenen Gruppen der Gemeinde zur Ölbergstunde. Sie versammeln sich am Allerheiligsten, um zu beten. Das heilige Brot steht dabei in der Monstranz auf einem mit Blumen geschmückten Platz.

# Karfreitag

Benannt ist der Tag nach dem altdeutschen Wort „kara", was „Wehklage" bedeutet. Es ist der Tag, an dem wir uns an Jesu Tod erinnern. Auch am Karfreitag hören wir wieder eine Passion, und zwar immer die nach Johannes. Der Gottesdienst beginnt fast überall um 15 Uhr, in der Todesstunde Jesu. Der Priester, manchmal auch die Ministranten, legen sich zu Beginn schweigend vor den Altar.

Das Besondere an diesem Gottesdienst sind die zehn großen Fürbitten und die Kreuzverehrung. Es gibt keine Eucharistiefeier, sondern nur eine kurze Kommunionfeier. Die Hostien, die ausgeteilt werden, stammen vom Gründonnerstagsgottesdienst. Auch ein Schlusslied gibt es nicht. Der Karfreitag ist genauso wie der Aschermittwoch ein Fast- und Abstinenztag.

# Karsamstag

Der Karsamstag heißt auch Tag der Grabesruhe. Die Kirchen bleiben ungeschmückt. Doch da wir Ostern feiern wollen, wird an diesem Tag schon alles für dieses größte Fest des Jahres vorbereitet. Viele Kirchen werden geputzt, Ostereier werden bemalt, Kerzen gestaltet. Und am späten Abend finden die ersten Ostergottesdienste statt. Aber die zählen natürlich nicht mehr zum Karsamstag, sondern schon zu Ostern.

# Ostern fällt in jedem Jahr auf ein anderes Datum

Irgendwann zwischen dem 22. März und dem 25. April findet Ostern statt. Jedes Jahr ändert sich der Termin. Das liegt daran, dass Ostern nicht nach dem Sonnenjahr bestimmt wird, nach dem sich unser gewöhnlicher Kalender richtet, sondern ursprünglich nach dem jüdischen Zeit- und Festtagskalender bestimmt wurde, der sich nach dem Mond richtet. Da beginnen die Monate immer am Tag des Neumondes.

Zur Erinnerung an die Rettung der Israeliten aus Ägypten feiern die Juden am 14. Nissan, dem ersten Frühlingsmonat, das Passahfest. In den ersten Jahrhunderten machten das die Christen mit dem Osterfest ebenso. Dann entschied sich Rom, den 14. Nissan nur zu nehmen, wenn er auf einen Sonntag fällt. Ansonsten sollte es der Sonntag sein, der auf den 14. Nissan folgt.

Im Jahr 325 beschloss das Konzil von Nizäa, dass Ostern immer am Sonntag nach dem ersten Frühlingsmond gefeiert wird. So passiert es nur noch selten, dass Christen und Juden am gleichen Tag Ostern und Passah feiern.

Vermutlich kommt das Wort „Ostern“ vom Namen der germanischen Göttin Ostera, der Göttin der Morgenröte. Das alte deutsche Wort „ostra“ bezeichnet die Zeit, in der die Sonne im neuen Jahr wieder genau im Osten aufgeht. Ein Sinnbild für Christus, das Licht der Welt.

# DAS GEHEIMNIS DES GLAUBENS:

## Fastensonntage

Völlig klar: Die Osternacht ist der Höhepunkt des Kirchenjahres. Nach den Tagen des Leidens und Sterbens feiern wir das großartige Geheimnis des Glaubens: Christus ist von den Toten auferstanden. Denn auch wir hoffen darauf, dass mit dem Tod nicht Schluss ist, sondern dass Gott mit uns noch einiges vorhat.

**Die Lichtfeier:** Der Gottesdienst beginnt vor dem Osterfeuer. Das Feuer wird gesegnet und die Osterkerze entzündet. Bei Wind kann es schwierig sein, das Osterlicht in die Kirche zu bringen und an die Gemeinde weiterzugeben.

**Das Exsultet:** In der nur durch Kerzen erleuchteten Kirche wird ein Loblied der Osterkerze gesungen. Ministranten halten dafür und auch für den nun folgenden Wortgottesdienst am Ambo die Kerzen.

**Wortgottesdienst:** Es können bis zu sieben Lesungen aus dem Alten Testament gelesen werden. Dabei gibt es nach jeder Lesung ein Gebet. Auf die letzte Lesung aus dem Alten Testament und das dazugehörige Gebet folgt das Gloria. Die Orgel braust los, die Glocken läuten und die Ministranten klingeln. Danach folgen eine Lesung aus dem Neuen Testament und das feierliche Halleluja. Weihrauch wird aufgelegt und das Evangelium vorgetragen. An manchen Orten folgen Osterwitz und Osterlachen.

**Tauffeier:** Die Allerheiligen-Litanei wird gebetet oder gesungen, das Taufwasser geweiht, das Taufversprechen erneuert und die Fürbitten werden gehalten. Und wenn ein Täufling da ist, wird getauft.

**Eucharistiefeier:** Ab hier geht es wie an jedem anderen Sonntag weiter: Eucharistiefeier, Vermeldungen, Schlusssegen, Schlusslied. In manchen Gemeinden gibt es im Anschluss an den Gottesdienst ein festliches Osterfrühstück und es werden Ostereier gesucht.

## Weißer Sonntag

Der Weiße Sonntag ist der erste Sonntag nach Ostern. In vielen Gemeinden wird an diesem Tag die Erstkommunion gefeiert. Der eigenartige Name stammt aus der Zeit, in der die meist erwachsenen Täuflinge zum letzten Mal ihr weißes Taufkleid trugen. Auf Latein hat dieser Sonntag den Namen „Dominica in albis – Sonntag in Weiß“.

## Christi Himmelfahrt

Bis ins 4. Jahrhundert gab es das Himmelfahrtsfest gar nicht. Himmelfahrt wurde zusammen mit Pfingsten gefeiert. Aber eigentlich sind das zwei verschiedene Feiern mit zwei Richtungen. Einmal geht es nach oben in den Himmel, zu Pfingsten kommt etwas von dort nach unten. Also wurde entschieden: 40 Tage nach Ostern ist Himmelfahrt. Das Datum variiert von Jahr zu Jahr, aber es ist immer ein Donnerstag.

Wir feiern, dass Jesus leibhaftig in den Himmel aufgefahren ist. Wie das geschah, wissen wir nicht, obwohl es schöne Bilder davon gibt. Denn der Himmel ist ja keine Ortsbezeichnung für die Gegend über den Wolken. Himmel meint etwas viel Schöneres: einen Ort des Friedens und des Zusammenseins mit Gott, einen Ort, an dem wir die Liebe Gottes deutlich spüren können, eine Ewigkeit lang, also immer. Wahrscheinlich wird es da keine Engel mit Harfen und Liedzetteln geben. Aber immer schon haben die Menschen versucht, sich den Himmel irgendwie vorzustellen. Und diese Vorstellung verleiht Flügel.

Bei schönem Wetter machen viele Familien am Himmelfahrtstag einen Ausflug. Mit dem Fahrrad geht es raus ins Grüne.

## Pfingsten

„Pentekost“, das Wort, von dem sich Pfingsten ableitet, ist das griechische Wort für „Fünfzig“. Fünfzig Tage nach Ostern wird dieses Fest gefeiert. Und im Unterschied zur Fastenzeit zählen die Sonntage mit.
Die Juden feiern 50 Tage nach dem Passah das Wochenfest Schawuot. Das werden die Jünger auch gemacht haben, als sie nach dem Passahfest, vor dem Jesus starb, in Jerusalem beisammen saßen. Jesus hatte sich ihnen nach Ostern als der Auferstandene gezeigt und war in den Himmel aufgefahren. Wahrscheinlich wussten die Jünger damals nicht so recht, wie sie weitermachen sollten. Also feierten sie bei verschlossenen Türen das Fest ihrer jüdischen Tradition.
Dahinein platzte der Heilige Geist. Feurige Zungen kamen vom Himmel und die Apostel, allen voran Petrus, konnten auf einmal so reden, dass alle sie verstanden, sogar Menschen anderer Sprachen und aus anderen Ländern. Von dieser Begeisterung ließen sich viele mitreißen und an Ort und Stelle taufen. Das erste Pfingstfest ist der Geburtstag der Kirche. Und von Anfang an ist die Kirche international.

# Auf Christus läuft alles hinaus

## Die zweite Zeit im Jahreskreis

2. Zeit im Jahreskreis
Christkönig
Sonntage im Jahreskreis
Allerseelen
Allerheiligen
Sonntage im Jahreskreis
Erntedank
Sonntage im Jahreskreis
Mariä Aufnahme i. d. Himmel
Sonntage im Jahreskreis
Fronleichnam
Dreifaltigkeitssonntag

# Die Zeit im Jahreskreis

Nach Pfingsten beginnt die zweite und längste Zeit im Jahreskreis, und die Sonntage werden wieder nummeriert. In diese Zeit fallen viele Feste und Gedenktage. Im Unterschied zu den Festen, die sich mit dem Leben, Sterben und der Auferstehung Jesu befassen, mit seiner Biografie sozusagen, gibt es Ideenfeste. Das sind Feste, die theologische Aussagen über Jesus feiern. Dazu gehören zum Beispiel der Dreifaltigkeitssonntag, Fronleichnam, das Hochfest des Herzens Jesu und Christkönig. Auch der Gottesmutter Maria sind zwei Monate gewidmet, der Mai und der Oktober.

## Dreifaltigkeitssonntag – Trinitatis

Es ist der erste „normale“ Sonntag nach dem Osterfestkreis und somit immer der erste Sonntag nach Pfingsten. Trinitatis, Dreifaltigkeit, heißt: Gott ist einer und zugleich drei: Vater, Sohn und Heiliger Geist.
Diese Aussage ist nicht ganz leicht zu verstehen. Gott Vater hat die Welt geschaffen, Jesus, sein Sohn, hat die Welt erlöst, und der Heilige Geist erfüllt die Welt. Und trotzdem ist damit immer nur ein Gott gemeint.
Der Nationalheilige Irlands, der heilige Patrick, hat die Dreifaltigkeit mit einem Kleeblatt erklärt.

# Marienmonat Mai

Die Marienbilder und -figuren werden in den Kirchen im Mai besonders geschmückt. An vielen Tagen werden Maiandachten gehalten. Diese Form der Marienverehrung entstand in der Barockzeit in Italien und kam Mitte des 19. Jahrhunderts nach Deutschland. In den Maiandachten wird besonders der Gottesmutter gedacht und sie um Fürsprache gebeten. Maria, unser Vorbild im Glauben, ist natürlich die wichtigste Heilige der Kirche.

# Die Erfindung des Muttertages

Klar, am Muttertag bekommen die Mütter meistens Blumen geschenkt oder andere Kleinigkeiten. In vielen Familien dürfen sie ausschlafen, und die Kinder machen schon mal das Frühstück. Aber woher kommt dieser Feiertag? Er kommt aus Amerika, und seine Begründerin ist die Christin Anne Marie Jarvis. Mit viel Elan startete sie 1907 eine Initiative für einen Mutterfeiertag in den USA. Sie schrieb Briefe an Politiker, Manager und Geistliche. Es sollte ein Tag des Dankes und der Erinnerung an alle Mütter sein.
Und erstaunlicherweise klappte es. Nach nur sieben Jahren wurde der Muttertag in den USA offiziell am zweiten Maisonntag eingeführt. Die Idee fand auch in anderen Ländern Anklang. Da es auch gute Geschäfte versprach, wurde in Deutschland der erste Muttertag vom Verband Deutscher Blumengeschäftsinhaber als Tag der Blumenwünsche ganz unpolitisch und sicher nicht ganz uneigennützig eingeführt. Bis heute sind es vor allem Blumen- und Süßwarenhersteller, die darauf achten, dass dieser Feiertag nicht in Vergessenheit gerät. Aber auch wenn es kein „frommer Feiertag" ist, die Mütter haben ihn sicher verdient. Und den Vatertag gibt's schließlich auch.

# Fronleichnam

Am 2. Donnerstag nach Pfingsten findet dieses Fest statt, dass auch den etwas sperrigen Namen „Hochfest des Leibes und Blutes Christi“ trägt. In manchen Gemeinden wird es aber auch am darauffolgenden Sonntag nachgefeiert. Der eigenartige Name meint etwas sehr Lebendiges: den „Leib des Herrn“. „Fron“ heißt „Herr“ und „liknam“ „Leib“. Es kommt aus der altdeutschen Sprache, und bis heute kann es eine knifflige Frage an Erwachsene sein, warum dieses Fest so heißt.
Gefeiert wird das Sakrament der Eucharistie, also dass Gott sich uns im heiligen Brot zeigt und zu uns kommt. Mit dem heiligen Brot in einer Monstranz zieht die Gottesdienstgemeinde in einer Prozession durch den Ort. Es ist ein schönes Zeichen dafür, dass Gott mit seinem Volk unterwegs ist und ihm auf allen Wegen Kraft gibt.

# 29. Juni: Peter und Paul

Schön, dass beide oft gemeinsam auftreten, denn eigentlich haben sie auf den ersten Blick gar nicht so viel gemein: Petrus war ein Fischer, den Jesus zu seinem ersten Jünger berief. Paulus dagegen ist dem Menschen Jesu nie begegnet. Er war ein gebildeter jüdischer Theologe und verfolgte unter dem Namen Saulus die ersten Christen. Später als Christ verkündete Paulus die frohe Botschaft in vielen Ländern des Römischen Reiches. Petrus blieb in Jerusalem. Beide stritten sich sogar, was in der Apostelgeschichte nachzulesen ist. Vermutlich sind beide in Rom hingerichtet worden. Dass diese unterschiedlichen und streitbaren Heiligen gemeinsam ihren Festtag am 29. Juni haben, passt zu unserer Kirche. Denn es zeigt, dass unsere Kirche überhaupt nicht einseitig ist, sondern auch unterschiedliche Meinungen erträgt.

# 25. Juli: Apostel Jakobus

Im Nordwesten von Spanien liegt Santiago de Compostela, ein Ort mit einer Legende. Vor über tausend Jahren sei ein Schiff mit den Gebeinen des Apostels Jakobus des Älteren, einem der Jünger Jesu, an der spanischen Küste gelandet. Diese wurden nach Santiago gebracht, und binnen kurzer Zeit entwickelte sich die Stadt zu einem blühenden Wallfahrtsort.

Seither pilgern Menschen zu Fuß, mit Pferd oder Rad dorthin. Wer sich auf den Weg macht, muss über Gebirge und durch heiße, wüstenähnliche Gegenden. Wochenlang. Schon im Mittelalter entstand ein System von einfachen Herbergen auf dem Weg, in denen die Pilger übernachten konnten.

Der Weg ist heute genauso populär wie vor 500 Jahren. Dabei hat seine Faszination nicht viel mit der Entstehungslegende zu tun. Nur wenige glauben heute, dass der Jakobus in Santiago echt ist. Aber damals wie heute haben die Pilger Zeit, auf diesem Weg über ihr Leben nachzudenken. Der Weg ist ein Spiegel des Lebens, es geht bergauf und bergab, mal leicht, mal schwer. Das Schöne ist: Kein Pilger muss diesen Weg allein gehen.

# 6. August: Verklärung des Herrn

Das Matthäusevangelium (17,1–13) erzählt von einem ganz besonderen Moment im Leben Jesu auf einem hohen Berg. Sie ist der Geschichte der Taufe im Jordan und der Himmelfahrt nicht ganz unähnlich, Gott kommt ins Spiel. Jesus, Jakobus und Johannes sind mit Jesus auf diesem Berg. Plötzlich werden Jesu Kleider weiß wie Licht, und sein Angesicht leuchtet wie die Sonne. Elija und Mose erscheinen, und aus den Wolken spricht eine Stimme: Siehe, das ist mein geliebter Sohn, an dem ich Wohlgefallen gefunden habe.
Das Fest Verklärung des Herrn wird bereits im ersten Jahrtausend gefeiert. In Rom benutzt der Papst für diese Messe erstmals den neuen Wein und segnet Trauben. Früchte werden an diesem Tag auch in den orthodoxen Kirchen gesegnet, wo das Fest eine große Bedeutung hat.

# 15. August: Mariä Aufnahme in den Himmel

In vielen Ländern gehört dieses Fest zu den wichtigsten im Jahr. Tausende Christen pilgern zu Marienwallfahrtsorten. Dabei ist die Aufnahme Mariens in den Himmel in der Bibel überhaupt nicht zu finden. Das Fest geht auf alte Legenden zurück. Eine davon erzählt, dass die Apostel Jesu nach Marias Tod ihr Grab noch einmal öffneten. Doch ihr Leib lag nicht mehr darin. Stattdessen blühten rote Rosen an der Stelle, wo sie gelegen hatte. Schon in den ersten Jahrhunderten feierten die Christen dieses Fest. Im Deutschen sagen wir gern „Mariä Himmelfahrt“ dazu, aber das ist eigentlich nicht richtig. Wir wissen nämlich gar nicht, wie Maria in den Himmel gekommen ist.

Das, was uns dieses Fest sagt, ist ein wunderschönes Bild für die Liebe, die Gott der Gottesmutter Maria entgegenbringt. Er nimmt sie mit Leib und Seele in den Himmel auf. Und deshalb dürfen wir selbst hoffen, dass Gott alle Menschen, die sterben, bei sich aufnimmt und ewig leben lässt.

# 14. September: Kreuzerhöhung

Kreuzerhöhung gehört zu den weniger bekannten Festen des Kirchenjahres, und die Frage, wie dieses Fest entstanden ist, löst selbst bei vielen Theologen erst einmal ein Überlegen aus. Es ist eine schöne Quizfrage, und nur Spezialisten fällt die römische Kaiserin Helena ein. Die Mutter des Kaisers Konstantin, so berichtet die Legende, reiste im 4. Jahrhundert ins Heilige Land. Dort ließ sie in Jerusalem nach dem Kreuz Jesu graben, und es wurde am 14. September im Jahr 325 auf Golgotha unter einem römischen Tempel gefunden. Selbst die Inschrift, die Pilatus am Kreuz anbringen ließ, wurde entdeckt: INRI – Jesus von Nazareth, König der Juden.
Zehn Jahre später, am 14. September 335, wurde die Grabeskirche in Jerusalem eingeweiht. Dabei wurde den Menschen das wiedergefundene Kreuz als Siegeszeichen gezeigt. Teile des Kreuzes wurden später nach Konstantinopel und Rom gebracht, andere blieben in Jerusalem. Viele verschwanden in den Wirren der Kriege im Heiligen Land. Wallfahrer nahmen Kreuzpartikel in das ganze Abendland mit. „Kreuzerhöhung" heißt, dass Jesus am Kreuz den Tod überwunden hat.

# Rosenkranzmonat Oktober

Am 7. Oktober 1571 wurden in einer Seeschlacht im Mittelmeer bei Lepanto die Türken besiegt. Weil Rosenkranzbruderschaften am gleichen Tag für den Sieg beteten, wurde der Sieg Maria zugeschrieben. Als Dank wurde der erste Oktobersonntag zum Fest des Rosenkranzes.
Zugegeben, dieses Denken passt nicht so recht in unsere Zeit. Wieso soll sich denn die Gottesmutter in den Krieg stürzen, wo doch Menschen auf allen Seiten unter dem Krieg leiden? Aber der kriegerische Ursprung des Festes ist heute fast vergessen. Im Laufe der Zeit entwickelte sich der ganze Oktober zum Rosenkranzmonat. Wir Christen sind eingeladen, dieses Gebet öfter einmal zu beten. Denn das Rosenkranzgebet ist eine tolle Sache. Mit einfachen Worten, die sich immer wiederholen, werden Geist und Seele ruhig vor Gott. Es ist ein Gebet, zu dem dir nichts einfallen muss und in dessen Ruhe die Kraft liegt.

# Erntedank

Es ist in allen Zeiten und Religionen üblich, Gott für die Gaben seiner Schöpfung zu danken. Aber einen verbindlichen Termin gibt es weltweit für dieses Fest nicht. Wie auch, es wird ja in den verschiedenen Klimazonen zu ganz unterschiedlichen Zeiten geerntet. In Deutschland wird meist am Sonntag nach dem Michaelistag (29. September), also am letzten Septembersonntag oder am ersten Sonntag im Oktober Erntedankfest gefeiert.
Die meisten Menschen auf dieser Welt erleben Hunger, Dürrezeiten und Not. Oft ist ihre Dankbarkeit ungleich größer als bei uns, die wir im Überfluss leben. So ist es schön, an diesem Tag auch zu teilen. Denn zur Dankbarkeit gegenüber Gott und seiner Schöpfung gehört die Mitverantwortung für unsere Nächsten.

# 31. Oktober: Halloween und Reformationstag

Bevor am 1. November die Heiligen kommen, werden vor allem in englischsprachigen Ländern zu Halloween am 31. Oktober noch mal die bösen Geister losgelassen. Dabei ziehen Kinder durch die Straßen und erpressen unter Androhung von Schabernack singenderweise Süßigkeiten. Das Ganze solltest du nicht allzu ernst nehmen. Es ist natürlich auch kein christliches Fest.

Am 31. Oktober 1517 soll Martin Luther, der damals ein Mönch und Theologieprofessor war, 95 Thesen an die Tür der Wittenberger Schlosskirche genagelt haben. Es gab Missstände in der Kirche, gegen die Luther protestierte und darüber öffentlich diskutieren wollte.

Ohne es zu ahnen, leitete er damit eine Kirchenspaltung ein. Ein recht harter Streit entbrannte, und ehe er sich's versah, war Luther durch den Papst gebannt und verurteilt und durch den Kaiser in Deutschland für vogelfrei erklärt. Das heißt, jeder konnte ihn töten, ohne eine Strafe befürchten zu müssen. Auf der anderen Seite hatte Luther starke Unterstützer, und es kam zu einem sehr traurigen und blutigen Kapitel der Kirchengeschichte, wobei Katholiken und „Protestanten" sich vielerorts bis aufs Messer bekämpften.
Gott sei Dank ist dies heute vorbei. Evangelische und katholische Christen können viel voneinander lernen und haben viel gemeinsam. Und ganz Unrecht hatte Luther sicher nicht, denn die Kirche muss immer wieder von Neuem reformiert werden. Und so kann der Reformationstag auch für katholische Christen eine tolle Anregung sein.

# 1. und 2. November: Allerheiligen und Allerseelen

Einen Tag nach Halloween haben die Geister nichts mehr zu melden. Schließlich ist dann **Allerheiligen**. Allerheiligen ist ein Sammelfest. Das heißt, es wird an alle Heiligen und Märtyrer erinnert, die es gegeben hat. Entstanden ist es in Irland im 8./9. Jahrhundert. Der 1. November war dort Winterbeginn und zugleich Jahresanfang. Wegen der sterbenden Natur rückte die ewige Welt der Heiligen in den Blick. Durch die irisch-schottischen Missionare gelangte das Allerheiligenfest schon im ersten Jahrtausend zu uns.

Zu **Allerseelen**, am 2. November, wird an die Verstorbenen gedacht. An alle, denn auch Allerseelen ist ein Sammelfest. Dabei werden am Nachmittag von Allerheiligen die Gräber mit Grün und Blumen geschmückt und ein ewiges Licht aufgestellt. An dem Tag selbst gehen die Angehörigen auf den Friedhof, um für die Verstorbenen zu beten und es gibt Gräbersegnungen.

# 11. November: Der Martinstag feiert zwei Martins und hat drei Bedeutungen

Es ist der wohl ökumenischste Heiligenfeiertag, der zurzeit gefeiert wird. Jahr für Jahr wird in schöner Gemeinsamkeit vielerorts ein Martinsumzug gestaltet.

Der erste Grund ist der hl. Martin von Tours, der mit einem frierenden Armen seinen Mantel teilte. Als das Volk ihn zum Bischof wählte, versteckte er sich in einem Stall, denn er hatte keine Lust, Bischof zu werden. Doch die Gänse schnatterten so laut, dass er schnell gefunden und dann doch ein beeindruckender Bischof seiner Zeit wurde.

Der zweite Grund ist Martin Luther. Der Tauftag des großen Reformators war der 11. November, ein Tag nach seiner Geburt. Da der hl. Martin an diesem Tag Namenstag hat, nannten Luthers Eltern ihren Sohn Martin. Also wird auch er an diesem Tag gefeiert.

Drittens beginnt die närrische Zeit am 11.11. um 11.11 Uhr – bloß warum? Die frühe Kirche kannte zwei Fastenzeiten: von Aschermittwoch bis Ostern und – heute fast vergessen – vom Martinstag bis Weihnachten. Bevor gefastet wurde, konnte man noch mal richtig feiern. Dazu gab es Martinsgänse als Festschmaus. Der Beginn des Karnevals wird deshalb bis heute an diesem Tag gefeiert. Dass dieser Termin heute ein wenig in der Luft hängt, ist auch daran zu merken, dass für die nächsten Monate Prinz Karneval wieder sang- und klanglos in der Versenkung verschwindet und erst zur Faschingszeit wieder auftaucht.

# Christkönigssonntag

Es ist der letzte Sonntag des Kirchenjahres. Wir feiern Christus, der für alle Menschen und durch alle Zeiten hindurch der höchste Herr ist. Schon Pilatus hatte Jesus gefragt: Bist du denn ein König? Jesus beantwortet die Frage mit Ja. Trotzdem hat er mit anderen Königen nicht sehr viel gemein. Er bereichert sich nicht, führt keine Soldaten zu seinem Schutz mit sich und ist bereit, für die Menschen zu sterben.
Das Fest gibt es erst seit 1925. Das war eine Zeit, in der viele alte Königreiche zerfielen. Christus dagegen, der einzig wahre König, bleibt. Anlass war die Erinnerung an das erste Konzil von Nizäa im Jahr 325. Zu diesem Konzil hatte der römische Kaiser Konstantin eingeladen. Auf diesem Konzil entstand das große Glaubensbekenntnis (Credo), das wir heute noch beten. Dabei wird ausgedrückt, was wir glauben und wer Jesus ist.
Zuerst wurde das Fest im Oktober gefeiert. Als im Zweiten Vatikanischen Konzil die Liturgie verändert wurde, rutschte es auf den letzten Sonntag des Jahres. Das war eine gute Idee: Da Christus der Zielpunkt unseres Lebens ist, ist das Christkönigsfest ein schöner Abschluss für das Kirchenjahr.

# Heiligenfeste

Das ganze Jahr ist voller Feste. An jedem Tag gibt es Heilige, deren Fest gefeiert wird. Heilige sind Menschen, die so gelebt haben, dass wir glauben, dass sie ganz nah bei Gott sind. Es sind Frauen und Männer und sogar Kinder, die etwas Besonderes aus ihrem Glauben heraus getan haben. Manche von ihnen wurden wegen ihres Glaubens umgebracht. Das sind die Märtyrer. Maximilian Kolbe (14. August)und Barbara (4. Dezember) sind zum Beispiel welche. Es gibt Ordensgründer wie Franziskus (4. Oktober) und viele Menschen, die viel Gutes taten, wie Elisabeth von Thüringen (17. November). Heilige sind Menschen aller Hautfarben und von allen Kontinenten.

Wir glauben, dass Heilige Gott besonders nahestehen. Heilige werden aber natürlich nicht angebetet. Denn das Gebet ist das Gespräch mit Gott. Darin hat ein Heiliger nichts zu suchen. Aber wenn die Heiligen Gott besonders nahestehen, können wir sie bitten, ab und an ein gutes Wort für uns bei ihm einzulegen.

## Marienfeste

Die wichtigste Heilige ist mit Sicherheit Maria, die Mutter Jesu. Deswegen sind ihr sogar mehrere große Feste und mit Mai und Oktober zwei Monate gewidmet.

**1. Januar: Hochfest der Gottesmutter Maria**
Das neue Jahr wird der Gottesmutter Maria anvertraut.

Achtung: Die Feste **Darstellung des Herrn** (auch „(Mariä) Lichtmess" genannt) am 2. Februar und **Verkündigung des Herrn** (an Maria) am 25. März gelten nicht als Marien- sondern als Herrenfeste.

**Marienmonat Mai** → S. 100

**Pfingstmontag: Maria – Mutter der Kirche**
Dieser 2018 von Papst Franziskus eingeführte Gedenktag verweist darauf, dass Maria seit dem Pfingstereignis die pilgernde Kirche mütterlich begleitet.

**Samstag nach dem Herz-Jesu-Fest: Unbeflecktes Herz Mariä**
Es wird an die einzigartigen Reinheit, Heiligkeit und Vollkommenheit Marias gedacht.

**2. Juli: Mariä Heimsuchung**
Das Fest erinnert an den Besuch Marias bei ihrer Kusine Elisabeth, die mit Johannes dem Täufer, dem Wegbereiter Jesu, schwanger ist.

**15. August: Mariä Aufnahme in den Himmel** → S. 106

**22. August: Maria Königin (Maria Regina)**
Am Oktavtag von Mariä Aufnahme in den Himmel wird Maria als Königin des Himmels verehrt.

**8. September: Mariä Geburt**
Dieses Fest wird genau neun Monate nach dem Fest der Unbefleckten Empfängnis am 8. Dezember begangen.

**12. September: Maria Namen**
Hier erinnert man sich an das Vertrauen in die „Schutzmacht" Marias, die auch als „immerwährende Hilfe" angerufen wird.

**15. September: Gedächtnis der Schmerzen Mariens**
Einen Tag nach dem Fest Kreuzerhöhung gedenkt man der sieben Schmerzen Mariens.

**7. Oktober: Unsere Liebe Frau vom Rosenkranz (Rosenkranzfest)**
Das Fest bezieht sich auf den Rosenkranz als Bittgebet, durch das Maria um ihre Hilfe und ihren Schutz angefleht wird.

**8. Dezember: Hochfest der ohne Erbsünde empfangenen Jungfrau und Gottesmutter Maria**
Das ist schwer zu verstehen: Maria wurde von ihrer Mutter ohne Erbschuld empfangen, d. h. in Maria macht Gott einen neuen Anfang.

# Bunt durchs Jahr

## Das Kirchenjahr mit den liturgischen Farben

Weihnachtsfestkreis
1. Advent
2. Advent
3. Advent
4. Advent
Heiliger Abend
Weihnachten
Hl. Stephanus
Ev. Johannes
Fest der Heiligen Familie
Hochfest Maria
Erscheinung des Herrn
Taufe des Herrn
1. Zeit im Jahreskreis
Sonntage im Jahreskreis
Darstellung des Herrn
Sonntage im Jahreskreis
Aschermittwoch
1.–3. Fastensonntag
4. Fastensonntag
5. Fastensonntag
Palmsonntag
Gründonnerstag
Karfreitag
Ostersonntag
Ostermontag
Weißer Sonntag
3.–6. So der Osterzeit
Christi Himmelfahrt
7. So der Osterzeit
Pfingsten
Osterfestkreis
Dreifaltigkeitssonntag
Fronleichnam
Sonntage im Jahreskreis
Mariä Aufnahme i. d. Himmel
Sonntage im Jahreskreis
Erntedank
Sonntage im Jahreskreis
Allerheiligen
Allerseelen
Sonntage im Jahreskreis
Christkönig
2. Zeit im Jahreskreis

# Die liturgischen Farben und was sie bedeuten

Farben machen es uns leicht, die Zeit im Kirchenjahr zu erkennen. Wenn beim Gottesdienst Schwarz und Violett dran sind, wird sicherlich nicht Erstkommunion gefeiert. Dabei spielten am Anfang der Kirchengeschichte Farben keine besondere Rolle. Aber als das Christentum im Jahr 391 im Römischen Reich Staatsreligion wurde, kam für Kleriker, die nun Staatsbeamte wurden, eine Kleiderordnung auf. Hier gab es zwar noch keine Regel, welche Farbe wohin ins Kirchenjahr gehört, doch langsam wurden farbliche Unterschiede wichtig. Mit verschiedenen Purpurtönen wurde zum Beispiel die Position des Klerikers, der im Gewand steckte, gezeigt. Im 9. Jahrhundert, unter Kaiser Karl dem Großen, änderte sich das. Nun wurde begonnen, verschiedene Farben im Kirchenjahr zu verwenden. Das war in verschiedenen Regionen unterschiedlich. Im deutschen Sprachraum wurde Rot als Festfarbe gewählt. Weiß war dagegen in Rom die Farbe für die Feste. 1570 wurden im Konzil von Trient die Farben dem römischen Ritus angepasst. Trotzdem änderte sich das nicht an allen Orten. Das Zweite Vatikanische Konzil, das von 1962 bis 1965 in Rom stattfand, legte nur noch fünf liturgische Farben für die Gewänder fest: Weiß, Rot, Grün, Violett und Schwarz.
Ein Konzil ist eine große Versammlung der Bischöfe mit dem Papst. Viele wichtige Regeln der Kirche wurden auf Konzilien beschlossen, und so auch die Festlegung der Farben. Was die Farben genau bedeuten, steht auf der nächsten Seite.

# Kleine liturgische Farbenlehre

Schauen wir uns die Farben an. An ihnen lässt sich erkennen, was gerade gefeiert wird. Die Farben des Kirchenjahres finden sich auf den Priestergewändern, Stolen, auf Deckchen, Decken, Tüchern und vielem mehr. In vielen Gemeinden gibt es auch die Ministrantengewänder in den verschiedenen liturgischen Farben.

**Weiß – Farbe der Feste und Farbe Christi**

Diese Farbe bedeutet Freude, Friede, Licht, Vollkommenheit, Unschuld und ist das farbliche Symbol für Christus. Weiß wird an den Hochfesten der Weihnachts- und Osterzeit getragen sowie bei den Festen, die Christus gewidmet sind, und an Marienfesten.

**Rot – Farbe des Lebens, der Liebe, des Mutes und des Geistes**

Rot gilt als die Farbe für Liebe und Leben, für Blut, Feuer und den Heiligen Geist. Rot wird Palmsonntag, Karfreitag, Pfingsten, zu Märtyrerfesten und bei der Firmung getragen und ist die Farbe der meisten Ministrantentalare für die Festzeiten.

**Grün – Farbe der Hoffnung und des Jahreskreises**

Grün steht für Hoffnung, Leben, Natur und Schöpfung. An allen Tagen im Jahreskreis ist Grün an der Reihe, wenn es nicht besondere Feier- oder Gedenktage sind. Denn die Hoffnung soll uns durch den Alltag begleiten.

**Violett – Farbe der Besinnung und des Veränderns**
Violett, die Farbe der Umkehr, Buße und Besinnung, wird in der Fastenzeit und im Advent getragen. Ebenso bei Buß- und Beichtgottesdiensten, an Allerseelen, zu Totenmessen und bei Beerdigungen.

**Rosa – Farbe der Vorfreude**
Rosa gilt als helle Form von Violett und ist keine eigene liturgische Farbe. Es wird nur zweimal im Jahr angelegt: am 3. Sonntag im Advent (Gaudete, lat. „Freuet euch") und am 4. Fastensonntag (Laetare, lat. „Freue dich"). In den meisten Gemeinden gibt es keine rosa Messgewänder, stattdessen wird Violett getragen.

**Schwarz – Farbe der Trauer**
Sie ist die Farbe der Trauer und des Todes, aber auch von vornehmer Festkleidung. Sie wird zur Beerdigung getragen oder als feierliches Gewand für „große Ministranten" und Lektoren, dann meist mit weißem Chorhemd/Rochet. Oft wird statt Schwarz auch Violett genommen.

**Andere Farben**
Außerdem gibt es manchmal noch Gold und Silber für besonders festliche Anlässe und Blau für Marienfeste. Die gelten aber alle nicht als liturgische Farbe.

# Quellenverzeichnis

S. 6/7: © Bill Perry/Fotolia; S. 8: © Christa Eder/Fotolia; S. 9: © Daniiel/Shutterstock; S. 10: © serg64/Shutterstock; S. 11: © Jan Engel/Fotolia; S. 12: © Howard Sandler/Fotolia; S. 13: © Pumba/ Fotolia; S. 14: © Ruslan Gilmanshin/Fotolia; S. 14/15: © S-F/Shutterstock; S. 16: © Thomas Hecker/ Fotolia (Kalender), © Zvonimir Atletic/Shutterstock (Papst); S. 17: © Isabella Pfenninger/Shutterstock; S. 18: © ITechno/Fotolia (Mars), Alexander Potapov/Fotolia (Blüten); S. 19: © Kizel Cotiw-an/ Shutterstock; S. 22: © alexlmx/Fotolia; S. 23: © DOC RABE Media/Fotolia; S. 24: © DutchScenery/ Shutterstock; S. 24/25: © Maurizio Rovati/Fotolia; S. 26: © Pat on stock/Fotolia; S. 27: © Gerald Mayer/Fotolia; S. 28: © ChristianFallini/Fotolia; S. 29: © LianeM/Fotolia; S. 30: © blackboard1965/ Fotolia; S. 31: © r_tee/Fotolia; S. 32: © Lukas Gojda/Fotolia; S. 33: © Alexey Kuznetsov/Fotolia; S. 34: © wb77/Fotolia; S. 36/37: © Mahony/Shutterstock; S. 38: © twixx/Fotolia; S. 39: © 719production/ Fotolia; S. 40/41: © otoman_kharkov/Fotolia; S. 42: © kuleczka/Fotolia; S. 43: © Brad Pict/Fotolia; S. 45: © Conny Sjostrom/Shutterstock; S. 46: © womue/Fotolia; S. 48/49: © ivan kmit/Fotolia; S. 50: © ChiccoDodiFC/Fotolia; S. 51: © Gino Santa Maria/Fotolia; S. 52: © Anyka/Fotolia; S. 53: © by-studio/Fotolia; S. 54: © seewhatmitchsee/Fotolia; S. 57: © 4Max/Fotolia; S. 58/59: © eyetronic/ Fotolia; S. 61: © goldpix/Fotolia; S. 62: © Maren Winter/Fotolia; S. 63: © fotoknips/Fotolia; S. 66: © Renata Sedmakova/Shutterstock; S. 67: © Alexandra Lande/Shutterstock; S. 68: © DeymosHR/ Shutterstock; S. 69: © Floydine/Fotolia; S. 70: © Artenauta/Fotolia; S. 71: © Kzenon/Fotolia; S. 72/73: © Elena Schweitzer/Fotolia; S. 74: © tom15/Fotolia; S. 75: © Galyna Andrushko/Fotolia; S. 77: © IgorZD/Fotolia; S. 78/79: © Morgandisplay name/Fotolia; S. 80: © Asray/Fotolia; S. 81: © KNA-Bild; S. 83: © Iakov Kalinin/Fotolia; S. 85: © Pascal Huot/Fotolia; S. 86: © Michael Flippo/Fotolia; S. 87: © thauwald-pictures/Fotolia; S. 89: © kevron2001/Fotolia; S. 90/91: © Elena kouptsova-vasic/ Fotolia; S. 93: © ARochau/Fotolia; S. 94: © Cozy nook/Shutterstock; S. 95: © JackNess/Fotolia; S. 96/97: © Printemps/Fotolia; S. 98: © Kuzma/iStock; S. 99: © MP2/Fotolia; S. 100: © Cris Foto/ Shutterstock; S. 101: © artjazz/Fotolia; S. 102: © c12/Shutterstock; S. 103: © Kadmy/Fotolia; S. 104: © António Duarte/Fotolia; S. 105: © 01559kip/Fotolia; S. 106: © Unclesam/Fotolia; S. 107: © chrismo63/Fotolia; S. 108: © Lisa S. /Shutterstock; S. 109: © Thomas Perkins/Fotolia; S. 110: © karepa/ Fotolia; S. 111: © franke182/Fotolia; S. 112: © zatletic/Fotolia; S. 113: © Jamrooferpix/Fotolia; S. 114: © Kunstverlag Josef Fink, Lindenberg/Allgäu; S. 115: © rkl_foto/Shutterstock; S. 117: © Andreas Zerndl/Shutterstock; S. 118: © peter/Fotolia;S. 120: © DMM Photography Art/Fotolia; S. 121: © geografika/Fotolia (Rosenkranz); S. 121: © PhotoSG/Fotolia (Noten); S. 122/123: © Harald Oppitz/ KNA; S. 125: © Dron/Fotolia